北纬三十四度

「六棱石」丛书

大解◎主编

李 双◎著

花山文艺出版社
河北·石家庄

图书在版编目（CIP）数据

北纬三十四度 / 李双著. -- 石家庄：花山文艺出版社，2024.10. -- （"六棱石"丛书 / 大解主编）.
ISBN 978-7-5511-7377-3

Ⅰ．I227

中国国家版本馆CIP数据核字第20242ED961号

丛 书 名：" 六棱石"丛书
主　　编：大　解
书　　名：北纬三十四度
　　　　　BEIWEI SANSHISI DU
著　　者：李　双
选题策划：郝建国
出版统筹：王玉晓
责任编辑：于怀新
责任校对：杨丽英
装帧设计：陈　淼
出版发行：花山文艺出版社（邮政编码：050061）
　　　　　（河北省石家庄市友谊北大街330号）
销售热线：0311-88643299 / 96 / 17
印　　刷：保定市正大印刷有限公司
经　　销：新华书店
开　　本：787mm×1092mm 1/32
印　　张：6.5
字　　数：104千字
版　　次：2024年10月第1版　2024年10月第1次印刷
书　　号：ISBN 978-7-5511-7377-3
定　　价：46.00元

（版权所有　翻印必究·印装有误　负责调换）

总序：辨识度，是衡量一个诗人价值的绝对尺度

大解

在当代诗人中选出六位辨识度极强的诗人，是件有意思的事情。

本套丛书共收录谢君、曹五木、李志勇、李双、泥巴、高英英六位诗人的诗集，花山文艺出版社社长郝建国将其命名为"六棱石"丛书，寓意来自天然水晶的形态。水晶是六棱的透明的宝石，坚硬，清澈，棱角分明，每个侧面都在闪光。把六位诗人集结在一起，是缘分也是必然。他们的诗歌个性鲜明，在诗人群体中闪烁着不一样的光芒，这令我印象深刻，因此选择了他们。

现代诗经过百年的不断探索，跌宕起伏走到今天，已经进入了静水深流的平稳期，有信心、有能力的诗人们潜心于创作，产出了许多优秀的作品，并成为汉语文学中的重要收获。同时也必须承认，由于诗歌潮流的巨大惯性，诗人们在大致相同的历史语境下，创作取向明显趋同，同质化写作已经引起了人们的警觉和有意回避。如何在群体中确立自己的独特话语体系和精神面貌，彰显出个性，已经成为少数

探索者的努力方向。在这样的写作背景下，作为一个诗人，作品的辨识度变得尤为重要，甚至成为衡量一个诗人存在价值的绝对尺度。

当下优秀的诗人和诗歌作品，可以拉出一个长长的名单，但我从众多的诗人中挑选出谢君、曹五木、李志勇、李双、泥巴、高英英这六个人，我看重的就是他们独特的诗歌特质、极具个性的辨识度。我关注他们的作品已经很长时间，有的几年，有的二十余年，最终把他们集结在一套丛书里，介绍给读者，也算是完成了一个心愿。下面我单独介绍这六位诗人。

谢君　解读谢君的诗，需要关注两个向度，一个是当下现场，即具象的现实世界；另一个则是跟随他进入历史的云烟，一再复活那些消逝的岁月。他在当下事件与过往经历的纠缠拉扯中，总是略有一些倾斜，为回归历史预留下较为宽阔的空间，并且多层次、多角度地深入每一个具体的瞬间，甚至在细节中抽出一些多出来的东西，而那些多出来的东西也许就是诗的灵魂。他似乎从每一个事件的节点都能找到回归往昔的路径，而且越走越深，越走越远，直至将个人的经历扩展为大于自身的时代梦幻，乃至构成漫无边际的生存背景。而这些构成他精神元素的东西并非谢君所独有，那是一个无限开放的空间，谁也无法封存人类共有的资源，甚至谁都可以挖掘和索取，可惜的是，健忘症已经抹去了无数人的记忆，只把那些有价值的东西留给少数人，而谢君恰好在此找到了属于自己的语言路径。他自由往返于个体记忆与集体记忆之间，把历史默片制作成具有个人属性的有声专集，在这专集里，他是主演，同时也是旁观者，他亲历、记录、发现，他用自身代替了一个庞大的群体，在独自言说时收获了历史的回声。在他的语言世界里，有刺痛，有忧心，有焦虑，有绝望，也有希望和百折不挠的生命力。而在表现方式上，我非常喜欢他的言说语气，他的叙述似乎带有迷惑性，具象而又迷离，跟随他的诗行，你会感受到他的体重，他的艰难，他负重的脚步……他像一个殉道者踏着荆棘在寻找精神的边界。他的诗，总是在向上拉升的同时，显示出反向的沉沦和历史的重力，并以此提醒人们注意这个世界的复杂性。

曹五木 我认识曹五木二十多年了，最早给我震撼的是他的一本开本极小的口袋书《张大郢》，虽然只是自印的一本小册子，但是这本诗集的冲击力让我至今难忘。他的放松、自由，甚至野蛮、无拘无束的书写方式，也可以说没有方式，他想怎么写就怎么写，其大胆而纯粹的诗性叙述，就像在荒原上开出一条先河。此后，我一直跟踪关注曹五木的诗，也看到他的一些变化。《张大郢》是一个完整的寓言，而收入诗集《瓦砾》中的诗，则是他多年的作品结集，时间跨度二十多年，他把寓言打成无数个碎片，通过每一首诗呈现出不同的人间世相，或者是精神幻象。他的视角往往是经过多重折射甚至是弯曲的，因而他的诗无论是清澈还是混浊，都已经穿透现实并且脱离了事物的原意，呈现出飘忽的不确定性。而在他独特的表述中，语言总是自带光环，散发着迷人的光晕。更难能可贵的是，他紧贴地面的写作姿势，给他的寓言建立了现实的可靠性和合法性，仿佛神话与生活原本就是一体，至少是同步。他总是毫不掩饰地把当代性埋伏在具象的精神肌理中，看似已经沉潜，而心灵时刻都在飞翔，而且带着原始的、本能的冲撞力。在曹五木的诗中，你能看到他的经历，也能感到他所构筑的语言世界，以多重幻象回应着现世，而他在现实与非现实中游走自如，仿佛地心引力只是一个假设，并非真的存在。

李志勇 我跟踪李志勇的创作已经将近二十年，在这个千帆竞技的时代，他的诗是个异数。他与所有人不同，以其独特性确立了自己卓尔不群的艺术风格。通俗地说，没有人像他这样写诗。他的客观、冷静、安宁、纯净，几乎到了"令人发指"的程度。他忽视了时间和急速流变的过眼云烟，把慢生活写到了静止的程度，仿佛处在一个凝固的世界。他本身就像一个静物，与周围的山川、河流、石头、雨雪、树木、一花一草和谐共居，并专注于对远近事物的凝视和书写。他异于常人的观察和理解世界的方式，他的角度，他的想象力，他的略显笨拙的语言表达方式，他的行文风格，他的不可模仿和复制性，都让人着迷。诗坛上只能有一个李志勇。就凭这一点，他可以骄傲地把脚翘到桌子上写作，而不必受到指责。

李双 关注李双的诗，不超过一年的时间，一次偶然在微信中发现了他的诗，一下子就被他迷住了，此后便盯住了他。让我说出李双诗歌的特征是费力的，他几乎是一个无法把握和定性的诗人。在他的笔下，即使是一首单纯的诗，里面的向度也是多重穿透并且相互交织的，其复杂程度不亚于一个不断被重组的梦境，模糊而又失序，却散发着神秘的气息。他试图用梦境笼罩现实，或者说把现实拆解为碎片并提升到高空，让每一个失重的物象独自发光，并在混沌中构成一个星移斗转的小宇宙。寓言帮助了他，允许他任意使用世间所有的元素而不用考虑其合理性，他自己就是制度和法官，同时也是语言的暴力僭越者，在诗中逃亡。他的诗是抓不住的，有些甚至是不可解的。我不愿像统计师那样条分缕析地去梳理他的现实和精神脉络，以求得出一个正确的答案。他的诗可能是不正确的典范，会让那些循规蹈矩的人们穷经皓首也得不到要领，因为他的诗歌出口太多，每一条路径都通向不可知的去处，恐怕连他自己都会迷路。读他的诗，我总有一种突兀感和撞击感，似乎是对常理和语言的冒犯，但又无可指摘。我惊异于他的胆量和独一无二的表现方式。如果不考虑沉潜和谦逊，李双可以举着大拇指走路，作为一个孤勇者，他可以目不斜视。

泥巴　一次偶然在微信中读到泥巴的诗，然后搜索到他更多的诗。此前，我并不了解这位诗人，后来我通过朋友圈联系到他，并向他约稿。正如他的诗集名字《我在这里》一样，泥巴的诗写的是这里、此在、当下、正在发生的事件。他所说的这里，其范围甚至小到具体的教室、居所、卧室、最亲的家人，包括他自己。他没有波澜壮阔的生命经历，没有英雄事迹，他就是生活在上海的某个小区里的一个普通人,每天上班下班,家居生活,吃饭睡觉。他的诗写的就是这些普普通通的生活,语言也不华丽,情感也不激荡。苦和累,疾病和健康,幸福和不幸,都被他作为命运的安排和赐予,平静地全盘收下,无欣喜也无悲伤。他的诗,平静、安然、温馨、豁达、感恩,一切都是那么亲切和真实。他的在场性抒写是与生活同步的,既不低于现实也不高于现实,却大于现实,成为一个人的心灵档案,甚至构成一个人的命运史诗。我喜欢他诗中的真、实、坦然、毫无修饰的复印般的详细生活记录,他的自言自语,他的小心思和大情怀……他以囊括一切的怀抱,几乎是把生活原貌搬进了诗中,朴素、自然、平和,春风化雨般了无痕迹,在个人的点点滴滴中露出一个时代的边角。他的创作实践,让我们知道,诗歌可以像空气一样包裹万事万物,一切都可以成为诗。或者说,泥巴给了我们一个写作范式,生活本身就是诗,语言所到之处,泥土和空气也会发光,万物在相互照亮。

高英英 接触到高英英的诗,是近两年的事情。她是河北诗人,虽然我们居住在同一座城市,但我此前对她并不了解,也缺少关注。直到有一天,我在微信上偶然读到她的诗,也就是诗集《时间书》中的第一辑"长歌"中的一部分,《鲲鲟》《神造好一座山》《不周山》《济之南》《泰山》《长安》《煮海》《一天》等,读后我沉默了许久,有一种被惊到的感觉,很难想象这些诗出自一个年轻诗人之手。我见过高英英两三次,都是在文学活动中,印象中她是一个文静内向的女子,很少说话,几乎没有存在感,没想到她的诗竟然是如此奇崛,高山大海,波澜壮阔。她的这些诗"胆大包天",穿过现实直奔寓言和神话,她仿佛是创世主的一个帮手,在语言世界中对山川风物进行了再造和升级,成为一种耸入云端的精神存在。中国传统文化中有许多古老的元素,像种子一样沉淀在我们的文化基因中,只有获得息壤的人才能拓展土地的边疆并让万物发芽。在创世语境中,神话没有边界,语言大于现实,并且随意生成,不存在禁忌,所写即所是。但是高英英并非一直沉浸在神话中,而是拍了拍手上的泥土,收工了,不干了。像神脱掉光环,显现为肉身,高英英选择从太古的幻象中抽离,又回到现实世界中,直面日常琐事,成为一个职员和家庭主妇。她的《银行到点就关门》等书写日常生活的诗篇,让我们看到一个普通人的一面。这也是她的多面性。高英英的诗还在不断变化中,我相信她有能力走得更远。

以上这些是我根据自己的阅读感受和理解做的一些短评，难免有谬误或偏颇之处，好在读者自有其评判尺度和标准。谢君、曹五木、李志勇、李双、泥巴、高英英这六位诗人的诗，风格各异，创作路数完全不同，每个人都是不可替代的，也都是我看重的诗人，今后我还将继续关注他们的作品。我知道，汉语诗坛上具有个性的诗人何止这六人，这套"六棱石"丛书只是一个发现和推送的开端，今后若有机会我愿向读者推荐更多的诗人和作品。

2024 年 3 月 10 日于石家庄

自序

李双

诗歌的公共性问题，其实一直是一种严肃的道德探索，一直有其迫切性和必要性。具体到每一位诗人，一直存在"写什么怎么写"的问题。

写作于我是一个痛苦的事情，因为"生存和书写的困难"。就像史蒂文斯所说，诗歌的表达是基于我们生活的、我们可能并不了解的、一个重构的世界，即现实世界与想象世界的合体。我们如果继续写作，如何让人看到这个重构的努力？这是一直困扰我的问题。

米沃什在一篇文章中，谈到他在俄勒冈迷宫般的山洞走了一小时，他说那个山洞在十九世纪被人发现纯属偶然：一只熊在进入猎人视线后，突然消失了，"消失在地下"，猎狗紧跟其后。米沃什在这里本意不是想暗喻什么，他仅仅是感叹于自然的神奇：自然成为古典研究的图画，跟图书馆的书架联系到了一起。而实际上，这很像一个语言的寓言。人们不断丰富自己的语言以便准确地表达思想，但是越是精准的逻辑性语言，越是无法表达语言背后不可言说的东西。人发现不了的山洞，只有熊才能发现。也就是像维特根斯坦所说，语言是有限度的。一切语言，包括精确的逻辑语言在内，都是有限度的。很多东西是语言无法表达的，怎样来接近语言无法表达的东西。在精准的逻辑语言之外，人们只能用一套含混的、模糊的，但具有"启明的力量"的语言系统，来完成"不可说"的任务，来揭示事物和事件之间的隐秘关联。

我生于1960年代末期，"60后"这一代诗人是在文化的断裂层上生长起来的，诗歌是一个奇迹。从语言的（内心的）苏醒到多元化的一种语言实验，再到对现实真实的回应，可能经历的艰难要比后代诗人多。如何体现和完成现代性，我所观察到的风向是现代诗歌在回归。回归到与传统汉语的对接之上，回归到文化传统之上，回归到汉语诗歌还未完成的现代性建构之上。正如詹姆逊所说"现代性不是一个概念，而是一种叙事。其特征是时间性、超越性和生长态"。像那些完成度比较高的诗歌，都具有这几个特征。比如李白和杜甫的诗歌，就具有詹姆逊所说的这种"时间性"、"超越性"和"生长态"。像庞德翻译的古诗十九首，去阅读时，你会发现一点儿距离都没有。所以说"现代性"有时包括很多重写活动。这种重写是废弃先前的范式。今天，我们就是在这样一个坐标谱系下，结合"时间性""超越性""生长态"，来考虑目前的诗歌写作。

有一种观点认为商业和科技的发展削弱了文化的健康发展，应通过文学培养人在智力和道德方面高度敏感的感受力，来抵制低劣的"大众"文明。当下的中国诗歌其实不乏既有艺术水准又具备道德价值的诗人和诗歌作品，缺少的部分远远不能遮蔽当代中国诗歌的光芒。

在奥登的《图书馆》中有这样几句诗：关于苦难他们从来没有弄错／古代的大师：他们多么好的理解／它在人类中的位置。最近也与一些诗友谈到了诗歌与苦难的关系，谈到了杜甫和昌耀，或其他诗人对苦难所呈现出来的差异，这个差异其实就是一个诗人在多大程度上"不仅仅可以展现自己的感情，还能够象征整个文明在道德上的感悟能力"。就像奥登诗中所宣称的那样，懂得人类苦难荒谬的本性。我觉得这是诗歌的精神核心。

在海伦·加德纳《捍卫想象》这本书里，他提到利维斯在《英国诗歌的方向》中，采纳了艾略特在其早期批评文章中暗示的路径，来追溯"智性的脉络"，以重绘英国诗歌的旧地图。当诗歌问题越来越成为一个社会问题，如何有效写作？社会问题就在那里，大家都能看得到，但你能选择的方式是极其有限的。体现在诗歌写作上,当诗歌的旧地图已经不足以指引方向,旧的书写方式已经失效,一个诗人要不要扮演革命者的角色?坦白讲,我比较悲观。

目录

无论如何 / 001
墙 / 003
逃离 / 004
影子 / 005
火柴 / 006
孤独 / 007
蜜枣 / 008
梨尔寺 / 009
四月（一）/ 010
物理课 / 011
玉米地 / 012
关于猛兽 / 014
在那儿 / 015
卡夫卡 / 019
瓷器 / 020
晚雨 / 021
沿途 / 022
湖心岛 / 023
一棵树 / 025
时间（一）/ 027
空地 / 028

德尔沃的鼻子 / 029
麦田——给雷蒙·德巴东 / 030
有一天 / 031
马 / 032
月光的区别 / 034
一个母亲的死亡 / 035
夜晚 / 036
白色 / 037
噪音 / 038
一份清单 / 040
古老的技艺 / 041
关于绿豆的寓言 / 042
去嵩山 / 044
与志军桑麻小贾诸兄过嵩山 / 046
悲伤 / 047
记忆 / 049
论惩罚的意义 / 050
失败者书 / 051
论幻想的意义 / 052
有一次 / 053
山居 / 054
山路上 / 055
倾听 / 056
狱中来信 / 057
关于星野的修辞学 / 058

新约 / 059

它们没有一点儿区别 / 060

月亮 / 061

想起 / 062

蜡梅 / 063

眼里的人 / 064

看一部俄罗斯电影 / 065

翻地 / 066

树荫下 / 067

置石 / 068

故乡 / 069

老曲的烛台 / 070

秋日 / 071

傍晚 / 072

人世间 / 073

岩石上 / 074

说一说黄河 / 075

荒岛 / 076

囚禁 / 077

吃蝉的人 / 078

老房子 / 079

和曲兄一起进山 / 080

和曲兄一起下山 / 081

种地 / 082

庙宇 / 083

洞林寺 / 084

洞林湖 / 085

接近风穴山的三种方式 / 086

四月（二）/ 087

做减法的风穴山 / 088

黎明（一）/ 089

进山 / 090

早上 / 091

树林 / 092

春天（一）/ 093

灯光 / 094

郊狼 / 095

曲园 / 096

春天（二）/ 097

边界 / 098

圣诞节 / 099

到桑村去 / 100

羊圈 / 101

灯泡 / 102

沙坑 / 103

岩石 / 104

晚上 / 105

瘸腿李印的狗和诗 / 106

树叶上 / 108

在故乡 / 109

野兽 / 111

沙砾 / 112

山野 / 113

乡村翻译师 / 114

关于微信运动的截屏 / 116

孝杰的晚课 / 118

一段视频 / 119

同乐巷 / 120

白河 / 121

寄料镇 / 122

夜 / 124

山顶 / 125

一抬头看见她飘动的衣衫 / 126

除了 / 127

土墙 / 128

听见树木摇响天空 / 129

最好 / 130

它 / 131

姐姐 / 132

它就要低垂下来 / 133

锅炉房的春天 / 134

第一天 / 136

一个女人跟着她的粮食奔跑 / 137

农人 / 138

掌钥匙的老夫人 / 139

已经是三月 / 141
这个异乡人的下午 / 142
也许是干燥的落日 / 143
小卖部的月亮 / 144
屋顶：那低矮的天穹 / 145
又一次秋天 / 146
驴 / 147
守夜者 / 148
回声 / 149
土拨鼠 / 150
东支运河 / 152
燕子 / 154
山野的秩序 / 155
崖壁 / 156
声音 / 157
让声音沉默 / 158
椴树 / 159
图案 / 160
散步 / 161
交谈 / 162
赞美诗 / 163
作为交换的眼底图像 / 165
土豆 / 167
石匠 / 168
下雪 / 169

名字 / 170

黎明（二）/ 171

诞生 / 173

在艮园 / 175

纸片人 / 176

草丛 / 177

时间（二）/ 178

光线 / 179

岩礁 / 180

光粒 / 181

馈赠之物 / 182

蕙兰 / 183

精神病院的来信 / 184

无论如何

无论如何,天堂只能在假设中存在
街道尽头的疯女人每天唱那首歌
在傍晚,她让镇上的画家
在她脸颊上
画一张纸币
天亮时分再洗去。
有人在树林里见过那张飞行的脸
在山顶上
也看到过。那是一支队伍
没来由地搬动溪流中的巨石
周围在塌陷,月亮上升
她从两棵摇摆的海柳中爬上来,那是
海的入口。之前的数年
她告诉岛上的居民:真正爱你的
是那个死去的人。
这是克尔恺郭尔一个说法的翻版
一棵桐树的成长
被开花的棺材所吸引。她在我的
房间里
晃来晃去,裸露着
秋天所不能比拟的烧灼。
如果窗外就是天空,她伸出

天空的面孔
是在什么时候回到了花岗岩
雕出的冰凉的躯体？

墙

类似于耳朵的容器。类似于肿胀
的额头
昨晚一个老头儿走进它
死亡取消了声音。但不限制爱的次数
也许不小心,回到了过去
田野焦黑
一两个农民举起双手
走进白桦树下的安全检查站
末世国王在乌鸦肚子里
藏好他的金表:那一堵墙
没有的滴答声
刚好代替了出殡的行列。

想一想,死者聚集在墙壁中
用哑语交谈
无处可去
与活着有什么两样

但也许还好,允许你射出一阵箭雨
然后跑过来
站在墙下。

逃离

如何把整个村子　人　狗　牲畜　床
锅　马鞭　喂猪槽　马达　架子车
挪到月球上
他们感觉自己是匮乏的——

亚里士多德也不能
在头发里
下雨
手是匮乏的

而从月球上返回
就像门突然打开，斯特西克洛斯
瞬间失明
那场景一定是这样的　透明　缓慢
哭泣一样
粉身碎骨

影子

清晨,以琳收到了一只羊
脱光了棉衣
喜爱阅读的村会计
想了半天
嘟囔着说,事物总是一分为二的
羊皮钉在屋山头
农历新年的前几天
山下才有商贩上来
钉子在六个月的时间里会生锈
羊皮模仿了善的影子
在空气中游啊游。

火柴

用字母"Q"作声母的
有"钱""亲""嵌""琴""犬"……
它们都够不到
一周前
她的脸颊

这个气球一样的逃亡者
这一张圆圆的面具
留下的一个小尾巴
失去了描述她右腿的能力
"它回应过你的左腿,如今
它不再回应。"

五月的清晨,硫黄勾勒的圆月
投掷一个暴力的幻象
一根火柴反复地排练
第一次是索要
第二次仍是索要

滋滋响的第三次,压在她的舌尖。

孤独

一头驴用着进化论的语调,走过来
和我谈心。我们比较了
各自的手掌
爱着它的人
和爱着我的人。
它知道如何让我羞愧
她说,她要去定西,和一个乞丐
鬼混到秋天。
她说,这个假期,和一辆自行车
去考察黄河,吃盐煮鲤鱼。
住北屋的农家土炕,宽阔的
冲积平原独有的
茅草穗
塞在被子里。
而一头驴,懵懂,满足
有一张皮,挂满青草。
除了罪恶无法交换
我感觉
爱也不能。
它围绕着一种不一样的语言
来回踏步
在一片粪渍和闪亮的尿液中。

蜜枣

几乎没有一种容器容纳它们
冬瓜和蜜枣。
仿佛一对物质神性主义
的信徒。
在开水里煮一小时
是我的主意。
让它们颜色混乱,可以俯身
观看。可以吃
就像只有一个孔的乐器,吹出来
丝丝缕缕的幻觉。
但它们是你的一部分
刚跟着你
从海水里跳上来,微小的盐(不是
爱愤怒的铯)
遍布饥饿的火苗,类似爱锻造的
赫菲斯托斯一副
黄金形象。
已经远远地看不清
哪是冬瓜
哪是蜜枣

梨尔寺

一只野鸭子
推着燕鸣湖
靠近了梨尔寺山脚下
湖水是一个光滑的整体,虽然轻于
山的倒影。
它推着燕鸣湖,突然有一个转向。
刹车的声音响在大街上。
这一次有些逆风
它左右摆头
梨尔寺山吃力地
一晃一晃
离开了梨尔寺。

四月(一)

四月里的一场新雨,古老的
本土喜悦
冒出新芽。仿佛一个伟大的思想
催生。
这里的主人可以随意置换,那一棵
楝树
在狭路上和犹疑的车头相遇
——群山进退不得
左边是草根熏黑的石头,右边
是灌木的鸣叫。
一个鸟窝
搭在细弱的荆条上
这个世界一会儿高
一会儿低。

物理课

那汽油味儿,那导火索
血管中的小号爆炸
在冬天的桌子上
像极了
一桩失败的婚姻
烙在女人嘴唇上。从肺尖
到耻骨,烽火在传递。
但她仍忍不住:"钥匙仍在锁芯里………"
半年里,她用头发写字
——灰白里少量的黑。
现在,她只有大脑中的四边形,烧焦的
军用地图。
一个黑点
卤化银慢慢变白;一个人形
嵌在黑暗中。

玉米地

它的香味
刚刚伸出几根细铁丝
一样的根
向下扎进暗黑的潮湿中

在一堵矮矮的荆棘丛后面。电力房
（去年它有一根死亡线，裸露，啪啪冒火）
高出路面。
我们走在拖拉机的车辙里，像走
模特步。
感觉脚底触到了岩石。
一琳的姑妈去世了，我们去看墓地。

要选一个软和的地方。温暖
相异于人世。
雨水尽量稀少。
一次完全陌生的迁徙，说不清楚的异样。

我正在读布罗代尔在集中营
写下的那本厚书。它提到玉米
在上古时代
胸衣又短又小。

正是野山羊的啃食,让它
变成中世纪的披甲士。
夜晚的一琳,几乎没有穿过胸衣。
总要有一些光芒透过墙壁
形成马路上的斑驳。

林子的下方,还有人活着。
没有霉变的玉米
宜于做酒。
村里的老人告诉我们
青玉米叶子上遍布一排排整齐
的倒钩
第一次进入玉米地会痒,"蹚将"可以除外。
那是一句豫西土话
意指全副武装有蛮力的男人。

关于猛兽

她只是偶尔说一下,猛兽,猛兽。
像说起她众多亲戚中
不起眼那个。
但是洪水,不是猛兽。
但是汹涌,不是猛兽。
她说一个女孩儿二十岁以后
要习惯于用减法
可是,一只从监狱溜出的猫
一只手掌心里的猛兽
旧矿坑
都不是减法。

这一次,她不得不用一次加法
一百平方?
不。
比一百平方大一点儿的那只猛兽
才刚好大过她。

在那儿

尖顶和洞穴在那儿
不死的法则如一条腰线,垂直于
早晨的鸟鸣。
死者在地下拨慢了时钟
扶着门框站立的老女人,对面的山峰
延迟了半分钟,才从她的大脑
贯穿到后山

在那儿
男人和女人相爱
就像垂死的蝉把产卵器的尖吻
刺进柔弱的树枝
在那儿,月亮在磨坊里充当临时工。
挖掘机司机忙了一夜
在钢臂的前端换上一根钢杵
他一会儿敲打一下
那铁物。

在那儿,通行的是不同于
《乌尔纳姆法典》的
劳动律令。
独眼的老头儿为他的马服务了一生。

北纬三十四度

那马,被磨碎为一年、一月、一天。
从一天、一月、一年
马回到一匹马
山坳中的一块土地被它弄得闪亮
如同一面玻璃。

在那儿,有一个人哭了一天
他想到这一切都是馈赠,都是遗物
他哭了一天。
土地,房屋,灵魂
不同于女人
又相同于女人。

一个男人在墙壁上画下一个人形
然后后退
再后退
向着墙壁上的人形猛冲
他头破血流,捂着鼻子
他奄奄一息
躺在树下。

"五百斤棉花和五百斤铁哪一个更重?"
在那儿,如果你想挑衅一个群体
就把这一道永恒的智慧题
丢给他们。

正确的答案是眼睛慢慢充血
劳动的手指开始抖动
最终
发生了械斗。

在那儿,一个女人曾经长久地痴迷
一头驴。
这不是禁忌。
舒曼的一条直线
在平整的事物上切开一个小口。
它发出了邀请
一个闪电的入口,一群人。

一口铁锅支在猪圈里,热气蒸腾
女人坐在锅旁,喃喃自语
她的脸皱巴巴的
像一张
作废的纸币。

东西南北四个方向,在早晨被调换一次。
东西南北四个方向,在夜晚被调换一次。
做这个的
是去年死去的一个婴孩。
在那儿,如同在这儿
一场细雨,灵魂都发芽。

从火星上看过来,清洗还没有发生
人们穿着戏服,涂着油彩
只剩下国王
像一出悲剧的主角。

卡夫卡

谁炸了卡霍夫卡大坝？卡夫卡
谁吃了窗台上的面包圈？卡夫卡

钱币上是谁？卡夫卡
谁给我们饭吃？卡夫卡

货车司机是谁？卡夫卡
强奸犯是谁？卡夫卡

核按钮的最末一个按键叫什么？卡夫卡
第一勺蜜叫什么？卡夫卡

蝴蝶的内衣叫什么？卡夫卡
两条对角线相交的点叫什么？卡夫卡

聋共和国[①]的国王叫什么？卡夫卡
断头台上的王后叫什么？卡夫卡

[①]《聋共和国》：伊利亚·卡明斯基诗集。

瓷器

她即瓷器。
一只、两只、三只。

我获得一次权力
在她身上画一条感应线。

溪水时涨时落
她被安排和一只橘子待在一起。

她的网兜里
放着一团毛线。

有一间黑房子
藏着她的酷刑。

她的瓷器
我只喜欢两个
一个圆的,一个更圆的。

晚雨

它是穷人的,针尖向下。
这是开始的时候。渐渐地,有沙粒
落下来。
杨树叶子碰着杨树叶子。
男人的嘴碰着女人的嘴。
——红色慢慢加重雨滴
直尺的形状。
开始有田埂上的干草落下来。有箭镞。
哀泣的哽咽。有钻石。
掌灯的老人走到院子里,雨落在
他的灯罩里。
开始有了雄性。南山的老虎。
钢制的履带。牛蹄子
也有石榴花。
药瓶。去年的少女。
一块砖头。内脏。马群。
一堵墙也落下来。
房间里的人开始发现
他们裸露在旷野里。

沿途

风景免不了在后视镜中熄火。
城郊的杨树表情愉悦,似乎掌握了
喝下铅水的欢畅。
在三公里附近
我想给老曲打一个电话
询问基弗的住址
和去德国的机票。
他不认识那些人。
善与恶
各有一个无知的半弧。
我们必须谈一谈,这一切
发生在别处的意义。
夏天了,知了开始歌唱。
盲目,炙热。
我把车停在一个开阔处
夕光里,一个黄色制服
走过来:"嘿,你!"

湖心岛

说不清楚
每一次眺望,都从它那儿取走了什么。
仿佛晚年的惠能,弟子一天天
打量他:一种晶莹之物
正在他身体里
长出另外一个人。
但他们找不到一种方法
立即取出他。
人类学的进化论无法解释湖心岛
被注视的平静。
正像他爱她的时候,她注视着他。
古老的仪式,或者铭记。
铁匠在完工的器具上镌出一个姓氏。
再过两天,他们迎来一个特殊
纪念日。
湖心岛周围的填充物
将不再是水。
腥味从高处捶打土地。
男人们被取出内心的耻骨。
课堂上,老师列出骨骼外在化的例子:
贝类,螃蟹,乌龟
将人降格为男人,再降格为土块

听说一度获得了康德的理解：理性
不是别的，只是一种
后天获得之物。

一棵树

这是半山腰上的一个下午,闷热如发动机。
新认识的一棵树,用黑色的根
抓着人脸。
方言中有关于它果实的各种表达:
黑柿子,雪柿,霜柿。
冬天才可以吃。
黏稠,甜。
火车呼呼穿过大脑和枝叶间的连廊。
每到夜晚,二姨跪在壁板前
她背诵的经文和书本上的
不一样。
她悄声告诉我,一些不一样的事情
就要发生。
树枝摇动,
庄严在传递空无的水纹。
但都是假的,树叶说。
六月份的一天,我们喝醉了啤酒
踉跄着,倒在桥上
睡了一晚。
但在全部的谎言中,只有一棵树是
绿的。

下山的时候,下巴放在横木上的山民
告诉我,移动这棵树
需要十五吨的吊车。

时间（一）

远古时代的一天发生了什么
是大结其绳，还是
小结其绳
已经没有人知道
它为什么消解，它的反复触摸，它的苦涩。
但在今天，豫东平原的落日刚刚熄灭
但不影响它在夜晚
创造新的人类
相信相同的时间同时存在
在死去多年后，祖父仍住在隔壁
夜里烤火，白天锄地
洋槐花散发出令人眩晕的香气
他只会用舌头纪年：那一年春天
吃过一顿煎槐花。
我也记得有一阵香气，苹果花
小如拇指
她刚洗过头，在水池边
赤裸着身体
颠倒黑白，说我们可以再来一次
而她是我的纪年
我把那一天记为
第一天。

空地

如果不是田埂　草　附近的灌木
如果不是月光
把它和更远处的山丘
缝补在一起
它就像一个虚词
某种程度上，洞穴的意义
在于规定了光的高度
他们偶尔摸一下台阶最高处的"∞"
夜晚仍躺在"一"字形的床上
脱下衣服，穿上衣服
永恒的愉悦是不发育
有人说，粟特人
欢乐是他们的虚词。
但是，"宇宙是满盈的"，西蒙娜·薇依写道
怎么拯救可怜的托马斯·曼
一块空地不可能
有向下生长的光　岩石　人类
它仅仅是一个虚词。

德尔沃的鼻子

保罗·德尔沃的鼻子山脉一样
耸在裸女胸前
变成了两个可以呼喊的
小房子
沉寂的小镇，下午的质量
一切都不可触摸
接吻保持着国家法律的缝隙
在柔和的光线里，屋顶被掀掉了
粗壮的行道树一会儿是蛇
一会儿恢复为风景
它们不解释泰勒斯的判断：水
是最好的
只告诉你，时间是牢笼
人们可以活在下一个世纪
或者回到保罗·德尔沃的一幅绘画中
男人赤裸，表情呆滞
和心爱的女人近在咫尺

麦田
——给雷蒙·德巴东

有一种光线是同比例的赐予
中间的路
已经让位于神。一辆拖拉机
刚刚从那里经过
他说:"爱……就是狠狠地
砸她。"
就像天空翻涌着不可置疑
"让金属
——打击重金属。"
看上去,女人的小腿足够结实
麦田开始温习
收割机的功课
含混的热也在考虑,如何阻止
一棵麦子
成为所有的麦子
西蒙娜·薇依在大地上
如果"一"是天使
"∞"便是魔鬼。

有一天

有一天,上天突然改变了主意:
从神灵的队伍里
每天减少一个人。
他的意思是让唱歌的人
越来越少。

"能拿到搪瓷盘上的不多了,尤其是
那瓷盘是白色的。"

山坡局促不安,到了冬天
有一片树林
仍然高烧不退。

尤其是柏油路
已经铺到了两山之间。
他们一会儿做加法
他们一会儿做减法。

马

第十天
它被杀了
骨头扔在墙根儿下
或者小孩儿拿它当作武器
攻击一棵枣树
邻居的门
另一个小孩儿的头
第七天
队长又试了试它
这一次
辕车从白色的田野
划到橙色的田野
雷声比闪电慢了半里地
第五天
妇女们围着它
惊叹它的四只蹄子
碗口那样翻开
她们叹息着
小声议论
那碗口一样翻开的东西像什么
第三天
夜里

它不知去向
牲口石槽里
一股干草的气味
水的气味
星星怕冷一样挤在一起
第一天
它从长途货车上
走下斜放的木梯
小村子光芒万丈
人人心里充溢着喜悦
好啦
我们与神有了亲戚

月光的区别

最大的容器是院子里的池塘
然后是瓮
然后是缸
石臼　各种　盆　锅　碗
最小的是长柄汤勺

墙壁冻得发抖,屋顶上有一块玻璃
投下微光
祖母把东西洗干净
然后坐在那里

"如果往月光里投毒,一汤勺就够了。"
总有人彻夜不眠,一趟一趟
去看池塘里的血。

那一群人
往树上涂显影剂

他们就是我们
如果没有一条细长的地道
可以爬出来
还真的不好区分。

一个母亲的死亡

"他们的母亲在水中度过了
一个月的生长期,现在大了
一倍。"
大了一倍的母亲
仍然是母亲。
一百多公里的路上,母亲不断滴下
冰碴儿。

另一个版本是,母亲的死
和食物
与人与老鹰的关系混合在一起。
饥饿的大鸟将人
引入河水
啄食她死亡的阴影。

她没有用上三倍的白布
现在,她被两个大儿子
和他们的父亲
拉到家门口
尘土冷寂,风景并无二致。

夜晚

一棵老柳树蹒跚着进门
站在院子中间
吹它的单簧管

我们都没有听见。

它每夜都来
像祖母

一棵柳树在院子里吹它的单簧管。

白色

雪与仓库不是同一种颜色
仓库比雪大,或者
雪比仓库轻
都是傍晚的错觉
有人去井上打水
有人把牲口牵出大门
那个埋在地下的死孩子
在动
他想活过来

噪音

我如何治愈这该死的耳鸣?
西蒙娜·薇依开了
一个处方:一个人只应将
自己往坏处想,而且不需要
知道那是假的。或者
如切·米沃什所述:"当约翰·保罗二世
置身于好莱坞,发现他
其实是走进了狮子的老巢
却没有发现它们
正准备将他撕成碎片。而他
建议它们多吃蔬菜
以代替血腥的美食。"
但挖掘机已经开到了
听觉的中心
我如何辨别它的真假
从天空的角度看,那一片黑色
都是人头
亚洲的人头
并不区别于非洲的人头
也不区别于被占领国家
有焦煳味儿的夜晚
或者,5月7日这个夜晚,伦敦

威斯敏斯特大教堂在我的耳廓
响起钟声
传来类似的噪音：正义与救赎
有一种东西需要轻轻拿起
然后轻轻放下
但我们无法辨别它的真假
但我们已经不再需要辨别它的真假。

一份清单

电视机　灯泡　洗衣机　抽油烟机　熨斗
开瓶器　肥皂　香烟　燃气炉
桌子　瓶装果酱　洗发水　沙发　书柜
冰箱　护手霜　镜子　味精
微波炉　食用油
这些东西一样
也没有
也没有拖拉机和卫生纸。

问他怎么如厕
他笑了，说
"放心，我有办法把它弄得
像节日的街道"。

古老的技艺

"它叫蛋,单只重约半斤。"
掌马掌的人在地上
埋上四根木桩
无疑的,这是一门古老的技艺
刚刚成年的小牛
被绳索绑在四根木桩上

"不轻,不重,刚好让那东西裂开
不轻,不重,刚好让那东西
碎成小肉粒。"
那个人动作轻柔,每捶一下那蛋
观察一会儿
四根木桩有四个方向
它的头只能向左,向右

主人坐在旁边,听着它的声音
开始能传到五公里
然后是三公里
一公里
半公里

到它无声的时候,活儿结束了

关于绿豆的寓言

除了节日之外，一粒绿豆通常可以
代表所有的绿豆。
一粒绿豆死了，通常互不哀悼。

绿豆一天死两次，只有绿豆词典
能让它一次不死。
绿豆的国土面积一年一换

就像绿豆词典里的词
经常减少
绿豆的恐惧是圆形的，检查站专设了

圆形通道。
绿豆去拜访玉米，须自带酒精
消毒器。

绿豆不允许有第二职业
但可以到广场上
围观权力。绿豆坐在田埂上

可以让天气变好
绿豆的数字

只有一二三

绿豆只在音乐里变成正方形
就像每一粒绿豆里
藏着一口煮绿豆的铁锅

一粒绿豆沉默了
所有的绿豆都沉默
绿豆的经历不具备绿豆的意义

去嵩山

五月的第一天有了新发现：一了[①]
并不等于嵩山。
他光头，像是为了抵御
七月的严寒。
我们从太子沟走到主峰
没有看到血
一棵山楂树若无其事
他的房子是砖头砌的，上面镶嵌一圈
玻璃，便于和云层之上的摄像头
对视。
他说房子落成半年，天天
邀请朋友来喝酒，大声吆喝
其实是为了驱鬼。
空气里的确有奇异的波动，好像有人
在墙壁里弹琴
有人数了数
他房子里有三块巨石，围上一圈
板凳
巨石有凸起，有沟槽
不大适宜在上面久坐
他特别自豪于后院的一面土壁
被去年的暴雨

切出整齐的立面
"我们可以看到土的内部,除了贫寒什么也没有。"
"有什么可以治愈可怕的头疼?"
一位客人
自言自语
有人回答
那需要五分钱。

①一了:当代艺术家。

与志军桑麻小贾诸兄过嵩山

我们没有从山顶抬下一艘船,哪怕
是一艘破船,或者空气一样的
我们抬着它,围着
一个虚无的长圆形
或者一张婴儿床那么大
我们抬着啼哭
两旁是栎树的浓烟,一开始
我把它听成了立木
一棵树站着烧成灰
为一只杯子涂釉
挖掘机发动了,声音灌满山谷
这有点儿不成比例
它在它的声音里像一个玩具
低矮的房屋在视网膜上抖动,其实
那是一阵风
我们三三两两下到山底　喝水
吃东西
把真实的我们留在山顶

悲伤

我的遗体有一份信任
来自那些谎言
在知晓
它们是谎言之后
我仍然充满了喜悦,愧疚于
洗不净她白色衬衫上
黑色的果汁
"因为日夜不停地撞击,门楣上
锈迹斑斑。"
她将我布置在一栋房子里
周围
飘浮着蚊虫的迷雾
——但她一直站着
"所有的事物都甜蜜。"[①]
所有的事物都已经中毒
我的遗体
也曾走到江边,
她挽着
我的手臂
像一个鼓胀的气球
不停向我吹气
当江水冷去

北纬三十四度

我一个人回到房间
我的遗体和我
已经合二为一

①伊丽莎白·毕肖普句。

记忆

窥视分为两部分：漆黑的煤面上
撒上胶土
另一个人浇水　另一个人翻动
另一个人用长柄的铁铲
将煤泥送进圆形火口
那是一个老式的立式锅炉　长尾巴
伸到屋顶上面
小心翼翼的时刻：老律趴在墙壁上
凿出的光眼
说：澡堂真是个神奇的地方
它区分了男女

论惩罚的意义

正午,群山沉入杯底。一头公牛
有一张皮。
其他的
什么也没有。
屋檐下垂着石头。

哑巴接手了一件棘手的工作,讲述
他如何在梦里
讲一头狮子多种伪装的可能性。

迟到的小学生不得不接受惩罚:
把稻草人的毡帽
戴到北山顶上
这看起来是大人的游戏。

失败者书

东支运河像在找死,它一直向前
蒲公英又失败了
能坚持不开的
越来越少

"使别人流血
和不付给别人合理工资的人
是兄弟。"
我没有兄弟
我沿着东支运河往回走

论幻想的意义

一只青蛙想
和水边的柳树发生关系。
但柳树
不这么想。

他从政府大楼出来,偷走那里
的重心。
洒了一路。
好像他是雨点的代表。

皇帝临睡前嘟囔着
小猫也要喝水
这是他以前没想到的。韦伯在
《论理解社会学的一些范畴》这本书里
也没告诉他。

一个刚出狱的小偷
在海防大堤的栏杆上
画了一副手铐
这是时间的转移术
或者是,对大海的一次警告?

有一次

有一次,他把鸡粪混在羊粪里
但也没有发生什么
它们被拌上猪的粪便
发热,冒泡。
熏得墙壁在半夜抖动。
冻土过了三月份才开始变软,
一只解放鞋丢在田埂上
体温不知去向。
过了许多年,我依然记得那道陡坡
爬在他的喉咙里。
大麦是怎样的经历
小麦是怎样的经历
在它们的无知里
男人和女人排队走到河边
在喉咙里
爬着陡坡。

山居

此刻，没有牛羊，青石板自己走路
给柳树看病的医生
把一个木柄折刀
放在口袋里。他的动作慢于槐树
的阴影
一座山的空寂
是山脚下的碎石之间
不再有暗语
他拿着一面镜子来找她，一只鸟
在镜子里大叫
另一只鸟也报以大叫

山路上

在大荒山水库的南堤上
停车十分钟
崖壁上暗紫色的血浆果
已经看不清楚
一只田鼠的夜晚已经开始

（提起女人，他的手抖个不停
像是在摹画
无法掌握的物体。她们
发明了另一种语言）

一只黑鹳鸟被车轮印在水泥路上
水流中
只剩下半个头

倾听

耳朵是那儿的一切,南边
一排杨树
北边一排杨树
土在夜晚是凉的
它们略微区别于海水的野心

如果一只耳朵有了牢房的念头
就让它听见锹把上的手
垂了下来

狱中来信

这是一张经常蹲着的纸,瞧它
折成飞机的模样
一只翅膀耷拉下来
我们都认出来了
半夜的雨点啪嗒啪嗒打湿过它
小圆点皱巴巴的
他们会不会并排躺在一起?
他们一个个走过去,把手掌印在墙上使之变厚?
但,它耷拉着一只翅膀
突然就爆炸了:
粗粒的银盐,发黑的门楣
呆若木鸡的一家人。

关于星野的修辞学

大地在尽头向上翻卷——
它俯视
像我们的仰望一样
"按列宿分野,自胃七度至毕十一度为赵。……"
我站在一棵树的旁边,天快黑了
我放下的手臂沉重
分摊着来自星空的苦难。

新约

一个枕头,一盏灯,一堵墙上的破洞。我把眼
　　睛取出来。
一头鲸鱼在大海深处掉头。
小雨继续下在乐谱上。

他们被阳光送到河的下游(那儿
是古代?):在广场上
铺上草灰
在早晨,草灰变成了人血。

在早晨,草灰变成了人血。
一个女人对他说:我们是不是再玩一次新房子
　　变成旧牢房的把戏?

它们没有一点儿区别

"麦地沿着河堤编一根草绳——"
她躺在夜里,一粒药片
沉入脚趾。
大杨树倒下来一定砸中了地心,它们
是那样一些抽水机:落叶松比一株
云杉更能让水
低垂下来。
月亮一整夜,在山坡上磨刀。
老妇人把馒头放在木桌上
这些是昨天的,这些是今天的
在一个筐子里
它们没有一点儿区别。

月亮

车子熄火,路旁的树丛塌下去
半尺。同车的女人
下到溪谷方便。你在信里说
山路在一刻钟
突然变软,卡车像飞机一样
俯冲下来
两个月亮在我们中间
像个强人
我们透明如白蚁。

想起

夜里,他提着一桶糨糊,四月的
麦秆向上。
月亮里是他的遗像。有一刻
他是站在水里的,那是一些
黄河以南的村庄,屋顶顺水漂走。
我们在曲园的阁楼上哈哈大笑,他的自行车
靠在矮墙上,街道气喘
吁吁。
我们建议多修一座精神病院
收下被遗漏的我们。

蜡梅

这是下午。一群人鱼贯而入
这是它

铁打的牢房,允许
你在里面放火,也允许
你偷偷溜出去,回头看她像一株
前世的蜡梅

电子屏幕打出一行字:半夜的香气　有强迫综
　合征
请在晚上七点后离开。

"我有礼貌和亡灵——"
你说,对于一株蜡梅
你有七百五十马力的铲雪机

眼里的人

我和她并排躺下,中间隔一片
被煮熟的玉米地(它们因为残疾
而站在一起,像那些在福尔马林
浓液里
漂浮的月球知识分子)
郊区正在外面展开
对雪的使用
附近的槐树林也被煮熟了　鸟去了
哪里
鸟眼里的那个人也被煮熟了
真热呀
你猛的推开四周的钢铁

看一部俄罗斯电影

"有活的吗?"
没有一张桌子回答
声音附着在一根木杆上不落下来

他们继续沿着黑色的湖水走
在圆房子里转圈
死人躺在地板上
从对扳机的研究转向
后院的鼾声

树林好像是煮过的
但还不能吃
在下一个镜头前
怀孕的妇女
是一个男人

"往前挪动,
往前挪动—— "
沼泽像一个明亮的入口

翻地

今夜这一块地被祖父翻得快要融化
今夜这一块地已经被祖父融化

趁天黑埋下的金子
一块布
吃土的舌头
眼眶的填充物
土粒之间缠绕的光线
——被允许生出啼哭的嫩芽

祖父一整夜在翻着地
像是他还活着

树荫下

一个人在树下
树荫像是他过于宽大的衣袍
他脸色阴暗
和树叶上的反光不一样

有人在暗房里冲洗江河水
有人在树荫下
吹去茶杯上旧事的毛边

就像下午的路口用墓碑
指示的方向
和一个人要去的地方
背道而驰

置石

"每天有五车,或者八车的石头
运到黄河以北
到这个园子来。"但栎木　槲树　毛黄栌
胡枝子
仍留在海拔一千米的山谷

那个留着杜甫胡须的人叫曲青春
他的声音里有一根来回滑动的
钢丝
"停——"
巨石悬在空中
等待为它定制的语法

"老天爷为了洗手
才有了暴雨?"他喃喃自语,造一个园子
需要这么多的石头
平行于他的大脑

故乡

那些夜晚的人
在山坡下
湿漉漉的衣服
如同岩石

弯曲的羊毛,夜晚的群星
那些夜晚的人

有多少一年不死的他们
就有一年一死的草木灰

有多少思欲过度的杨树,就有多少
未老先衰的刺柏和洋槐
村里的血
浇灌在北面的山坡

老曲的烛台

有两支在二楼的餐厅
一楼的会客室里有一支
另外几支在三楼讲经堂
它们从没点亮
它们只是做做要燃烧的样子
有一次,我见过老曲的父亲
弯曲在病床上
和那些烛台一样
那些烛台有细长的铜柄
我们坐在木头桌子边上吃饭,喝酒
烛台没有点亮
烛台没有点亮

秋日

初六,履霜,坚冰至
路旁的草丛已经藏不住人了
是脚印带来了郊外的霜迹吗
还是霜迹藏起了一个个失踪者?
三十里外有一处矮山
桧柏的叶子一年到头挂在黑色枝干上
从那儿向下看
即使是夏季
玉米田也像是一群哑巴
喂着村庄的死亡

傍晚

秋天会有树木倒在地上
秋天会有秸秆堆在墙根儿下
骑摩托车的人
以轮子的速度
过去了
他脸上的贫穷
拖拉在幽暗的泥路上

人世间

这一天,他们站在分拣机两边
一边是人
另一边还是人
有人私藏了泥土
有人私藏了刑具

岩石上

秋天的崖壁收集了那么多傍晚的
光线
是要冬天了吗
一只鸟在天空里用力
我在心里呀呀地叫着
鲜花明亮　树皮幽暗
今晚我要和一片雾气住在岩石上

说一说黄河

天黑的时候,去黄河滩割草的队伍
回来了
拖拉机上是青草
青草上坐着妇女
她们有一个单数
数不清的黄河沙也有一个单数
铁铲已不再锋利
摊开的青草在天亮以后
再摔打一次
星群隐去
翻晒青草的人
倒出鞋子里的沙粒

荒岛

据说,荒岛的午餐是它自己在水下
的诞生。
一个人跑了一圈
发现他占据不了整个荒岛

持矛列队登临的人
赤身回到大海。(他们从灌木丛一头的空隙进
　入,上身涂满油彩,头部随着脚尖的踢踏颤
　动。)

那是荒岛的方式。一半的生活
在水下。那刚刚高出水面的

不是一个人有女人陪伴。向蜥蜴学习
一个人生出一个男人和一个女人

这蜜蜂的技艺如何传授给岩石?
它如何经由一座荒岛使用我的心脏?

囚禁

光膀子的男人们在建房子
一面空地上的旗帜被委以重任

如果血是黑的
岩石是白色的

白杨树排列几公里
不像是迎接大海

小牛犊活了九个月
已有二百公斤

它已把我当作监狱
当我走过村边高大的玉米地

吃蝉的人

光到底是如何运行的——
蝉如何爬到枝头

每片叶子都有一个影子
每一只蝉都有一座树林

它们有亚细亚生产方式
它们的欢爱没人看见

塔斯马尼亚
我没有去过

和尚不吃蝉
吃蝉的人杀死一座树林

老房子

他们是这样死的:晚上是奶奶
夏天是爷爷
早上是伯父,而下午
是五叔

老房子用他们死去的咳嗽接住细雨
用他们沙沙的嗓音加宽墙壁
月亮,是一只奔跑的手

这样的仪器
只有老房子才有。
有一点儿像爷爷递过来一只柠果
我接过来
里面什么都没有。

和曲兄一起进山

弗朗西斯·福山多像一个地名
一个隐居地
有牲口拴在栏圈里，有越冬的麦苗
在崖底冒着寒气
一场雪下了半月，窗户上
没有人影
几个人去看井水，留下脚印
我没有看过他的著作，知道他
善变并因"见解反覆
而获盛名"
我左眼已坏，不适宜谈论"历史的终结"
仅仅焦虑半个月无法下山
托马斯·弗里德曼说：我希望
美国能做一天的中国， 一天就好。
我说，我希望能做一小时的曲青春
一小时就好。
或者，像那只鹪鹩
在冬天
在海拔七百米的山崖边收拢双翅。

和曲兄一起下山

我们在等级森严的山路上摸索一下午
槐树有圆形的叶子,荆条的花
是蓝色的
让人心碎
那些死去的人在山坡上探出灰色塔尖
我们讨论了几个对抗时间的人, 一个
中风了
另一个诗风骤变,在深夜降临
北京国际机场
路过三个男人和两匹马一匹骆驼的时候,我们
　先闻到了气味
三角形的树四角形的卧石多边形的天空,都不
　在我们的购买清单上
我建议他清理掉岩石上肮脏的覆土
唉,那些心跳
在我们下山的时候
微弱到听不见

种地

把一块地搬来搬去的技艺,至少
我爷爷是知道的,因为父亲
也深谙此道

"啊——啊——啊——",爷爷半夜
对着河水
吐出嗓子中的沙粒

有一年我们把红薯种在河堤
的陡坡上
河水喧哗

那是一座植物博物馆。它的外墙
斑驳,它的玻璃破碎
呵,一块块红薯地

一块块花生和玉米地。泥土的镜子
镜框又黑又粗,爷爷站在
牛马的中间
头微微地抬起

庙宇

他每天去庙里烧香,偷走几块钱
磕头,从木制的功德箱

他说这不需要技巧
佛像巨大,无须担心它
邈远的目光
翻看经书的僧人,一边敲打木鱼
一边打盹儿
他慢慢通晓神力停顿的瞬间
在其间
一跃而过

洞林寺

时间地点被小和尚
——作废,
他只要一箭穿心。

据说,洞林寺毁于明朝末年的桃花火
其后三百年,只有穿薄衣的燕子
回来主持夏天的功课

他弯腰进门,空气也弯腰进门
他只看了一眼,山川如旧衣
眼泪却是新的:依然是
一箭穿心
依然是一箭穿心。

洞林湖

"怎么倒腾它,都无所谓了。"
他说,夏天之后
冬天也有稀少的雨水。
但我还是没有准备好写一个湖
在我睡着的时候
他们在大笑
玩着纸牌
湖水漫过酒店的屋顶
每一个房间的死亡都没有人看见
老曲有三个儿子
他不来。哦,那好吧
让雨水一直跟着他
湖水有他的一部分。
他的铅笔一定是看上了四周的丘陵
他用铅笔喂马,只能这样了。
狼、虫、虎、豹在停电之后
取出灰烬中的微凉。

接近风穴山的三种方式

上完第三炷香
他偷瞄了一眼
——风穴山越来越高，填满了
高大的窗户。
他有一阵狂喜：在他贫穷的墙壁上
也会有风穴山。
或者，一行人用木棍和绳索
来到上午的风穴山，
把他放在岩石里。
夜晚，
风穴山是他一个人。
但现在是早晨，
风穴山是一只悲伤的猎犬，
在它们的父亲里寻找自己。

四月（二）

到四月
山就开始往下流，不是
稀里哗啦地流
也不是汩汩地流
它就那样流
山顶上的哭声已经凝结如巨石
是的，不是山顶在往下流
是一座山在往下流
杏、桃、柳、海棠、梨花
都在一人身上了

做减法的风穴山

白天
风穴山在做一道减法的题
晚上它又改做加法
一个人喊着回来吧
流水喊着回来吧
——去年那个撞碎峭壁的雄鹿出现了
湖面破如旧布　灌木丛里的血
也要回到心脏
它在岩石间跌跌撞撞
它喊着：是的　是的
这就是已经逝去的一切

黎明（一）

一些衣服在走动，
仅仅是一些看不见颜色的衣服

那个人的领口上一片黑乎乎的
树林里的积水是硬的
它们之间不说话

进山

我选择三种进山的必备之物:量杯　折尺
反向的望远镜。
这样,它们可以看见一个骑着折尺的人　一个
　　只看见自己的人
在山外自言自语
山有多高
在量杯里兑上多少斑斓的药水

早上

羊要生了
女人喊着墙壁

声音里下着小雨
这是一个早晨
它将有不同于人的鬈发
不同于人的眼睛
第一下没站住　踉跄着歪倒在地上
一只手摸着它

给它撒上草木灰
它将有不同于人的四只脚

它抬起头
像是空气的哀求
我见过羊心
比人的略小
现在它跳动着
哀求着
对着墙壁和早晨的空气

树林

那一片林子越来越慢　那一条
细土路更慢
从田埂下的草棵子
蜿蜒爬上垂在黑暗中的灯绳
以前是十五分钟
现在是半小时

是的　就是在那儿
林子后面
夏天的死亡在集合

但父亲要离开那儿　一个人
架子车在后面
他在前面

春天（一）

如何用一辆载重货车描述春天？或者
如何用春天描述一辆载重货车的倒行逆施？
春天没有办法，只有使劲儿地开花，
夹在道路旁。
货车也没有办法，空气越来越紧。
一肚子花花绿绿的东西催促着它
我坐在车尾巴上
晃着两条腿
催促着它
一路倒行逆施。

灯光

卫生间的灯亮了,我看看表
才两点。
它亮了一下,又灭了。
忽然又亮了,有一阵风扑着窗户。
这一次,我确定没有任何声音
它又亮了。
它好像有一个人的惊慌。

郊狼

一个汤普森人在月下讲故事
块根和女人生下的孩子
住在树林里
泉水是跺脚跺出来的
火焰是跺脚跺出来的
当人渴了
当人感到寒冷
孩子要袭击母亲
猫头鹰转转脑袋
而另一个版本是女人只和月亮
结婚
生下的窝棚昼夜通亮　郊狼
有两只眼睛

曲园

那栋房子的一楼住着金鱼
他们在三楼讨论不杀人
也讨论
哪一棵松树做三月的国王
四周的一切跟着它
摇晃
墙外的石头有三千公里以外的
明月夜
狮子在荆棘地毯上踱步　木屑　审讯室
羽毛　铁块在它肚子
里哗啦作响
从一跳到三　驯鹿的时间落入弓箭的圆弧
只有讲经的人知道　哪一只燕子
怀着国家的命运
而山坡送过来今年的槭树

春天（二）

春天有环形火山吻我们
春天有公牛血

按第一下
墙壁是橘黄色
按第二下是玫瑰红
第三下是黑暗
我选择黑暗
它的手指是甜面酱

水银在玻璃中一下子跑到尽头
我在回去的路上看见河水

春天有公牛血
春天有环形火山吻我们

边界

父亲抱来一捆木棍　把它们的一头
削尖
扎在猪圈的豁口
再用斧头砸下去半尺深　那畜生
把眼睛贴在狭小的缝隙间
向外张望
它不知道发生了什么
就像锁在铁栏里的囚徒

父亲带着斧头离开
他的仅有
是一个人的仅有

圣诞节

从广场拐过去　是下午
几个妇女往树上缠会发光的绳子
在夜晚　这座城市要
跑到海上去
法桐　香樟树　暴马丁香
是舞蹈方阵的
第一梯队
就像那些广场上的人群　不知道
是庞大的欢乐
还是集体的葬礼

多少年后　人们也许将在海滩上
碰见他们
那细碎又细碎的沙子
反射着阳光

北纬三十四度

到桑村去

从新城
到旧城,他一直不说话。
在巴镇我们换了拖拉机,
路上开始有石头。
我们抓紧车帮上的铁框,把自己
架起来。
车轮锤击大地,
我们也锤击大地。

后来,我们沿着河水走了五公里
在几棵大树后面
桑村到了。
苹果垂在地上,
怀孕的母牛几乎不会走路。
他妻子张罗晚饭,
带我们去石窖里捞红薯。
进口处的长条石,
泛出人的油腻。
她小声地数数,一,二,三,四
对着一处黑暗的凹陷合上手掌。

羊圈

我一直都忘了
我看见的那栋灰色建筑
是监狱。
屋顶上的飞鸟是水泥
葡萄不能吃　一滴雨水
一头栽进地下室。
墙壁加进了手掌印　比原来
厚了一半。
现在
它是羊圈
门是耀眼的
羊群赶出来
也学会了相互辨认。

拿鞭子的最后一个钻出来　骨头
零零碎碎
吊在身体里

灯泡

堂兄在门外催促着,带着他父亲
的死。
那死只有一只脚
伸进门的方块。
房间的灯泡是五瓦的。但从
一百五十公里以外看
它是黑的。

我在一本书里读到安德列依·阿马尔里克
一个短命的
俄罗斯人。
据说,他从国家警察双腿
的缝隙
预言了帝国大厦的崩塌。
响声带来了细雨。

一个国家的死亡
也是黑的。
像一百五十公里以外的灯泡。

沙坑

天晚了　我不知道把一个沙坑
怎么办

天走过它
低了一块

树林在晚上比白天大了一倍
上帝却比他的上衣小

如果有一个哭泣的沙坑
一定有
一个沙坑的总和

就像悲伤有许多细小的分支

岩石

我依次种下
一小块玉米
三棵南瓜
一架豆角

在一尺土壤下面　十字镐
碰到了岩石

我依次收下
一小块玉米
三棵南瓜
一架豆角

在一尺土壤下面　十字镐
碰到坚硬的血块

晚上

庄稼在晚上都是凉的　像哺乳的
母羊站立着
杨树叶子在头顶飒飒作响
夜晚的细柄弯了一下
又弯了一下

村庄在夜晚　是一个高个子男人
和半个女人
男人的斧头
比坡顶的树林大了一半　他用头
和田埂一起工作
用一只树熊
收集沙漠公路的湿气
月亮在树丛里捶着心跳

而那半个女人一直站在路边哭泣

瘸腿李印的狗和诗

在下雨天　那个苹果园是湿的
一根木棍流着水
传递给下面的一根
我从左面的缝隙爬出来的时候
苹果掉了
几粒泥巴沾在苹果上
像它粗糙的疖子
我把苹果递到他手上　他吃一口
我看一口
泥巴沾在他的胡子上
就像他站在人家门口　把一碗剩汤
一口气喝完
我看见他的喉结上下颤动　我的喉结
也上下颤动
我大张着嘴
一下一下哈气
但他不看我
他的脚面上有几粒滴下来的汤水
我嗅了嗅
闻出它们有他胃病的气味
有他夏天棉袄的气味
但他不看我

直到过了村子
他看着我跑到河边　喝水
伏在水面上
河水从山那边流过来　像一块一块金币
太阳漂在水面上
我抬起头看看他
他的眼睛里
好像没有再次卖掉我的意思

树叶上

一辆雾炮车对着天空喷水
国家的敌人

藏在树叶上。看磨坊的妇人
给瘸腿驴子戴上眼镜

告诉它
世界的中心在它的左耳上

右眼失明的人
看见左边的悬崖

捕猎者连夜修改地图
陆地标注为池塘

在故乡

在故乡的那些天
天一直在天上

在天上的还有院子的
草
和杨树

我出门向左转
村子向右移动
我走走停停
池塘一动不动　池塘上
的苇棵住着亡去的人

我认出了几只鸭子
和白鹅
它们的声音里呜咽着去京城的灰尘

一棵槐树长出一片矮矮棵
和几间瓦房
东厢房里关着老虎

好像没有人能让村口的小山

北纬三十四度

停下来。

我也不能
山里的河流又黏又稠

往上流着
我往回走的时候
手里多了一张去往土星的地址

野兽

我,刘军和小伟　忙活一下午
为一块地通上电
为一只蚂蚁　草叶　为一棵柳树
为一根头发
为地上的木桩
通上电

给左手通上电　我用右手
去找你
你已经越来越老　匍匐在地上
不露出一点儿兽皮

沙砾

1940年，我被西班牙和法国的边境线杀死。
在更早的清朝，我是一个错字
被新皇帝反复练习。
而死于北纬四十一度以北的　四万万人　此时
　　仍然是沙砾　不苏醒
不开花。
在开封大相国寺的走廊下　我用汉语
重复一个英国人的祷告
我不能明白钟声为何一样蓄满群山。山河一变
　　再变　我已穷于沙子变人的把戏
躲入一个叫梁庄的乡村
把一座竹林变成鸟笼。

山野

从山野归来的人　有山野的使命
衣襟上

为了验证月亮的无声　鹅卵石
放置在夜晚的轨道上

仿佛树根和山谷各有各的充电器
暗物质
和善
都有一个柔软的绳结

从山野归来
房间里多了一座山
但大而无用

北纬三十四度

乡村翻译师

他反复玩国王就是法律的游戏:
国王的拇指向上
国王的拇指向下
简单有效　杀人无数
一如天空没有道德的门缝

他住在磁铁的中心　一会儿变小
一会儿变大
刀斧手藏在空气里　说来就来
庄稼就是秩序
芝麻不是豆子　豆子不是雷管
西瓜不会炸开人群

让鸡鸣里的灵魂显现　让狗叫的矮墙
接受信号塔的崩溃
他的夜晚是一场漫长的恢复
血浆和沉船需要一一擦拭
锡罐里的黎明
谁来喝上一口?

如何让好就是好
坏就是坏

不变成"不是"就是"是" 那样令人
垂头丧气
他准备了一根棍子。

乡村翻译师是我的伯父
他一生聋哑
住在磁铁的中心。

北纬三十四度

关于微信运动的截屏

都在爬行。
像一个人的感冒烧坏了线路板。大屏幕　流出
　　眼泪
"一万公里,而我只有三块钱。"

但他们仍在爬行　宇宙波失踪
跑到最前面的是一条直线　带着郊区
纪念碑
飞走的桃树

都不回头。负数被国家统计学
忽略不计

一步也不再走动的是《圣经》锁在她死后的
枕头里　屠夫的两步是测量猪血的温度
然后
撒上一把盐

她的步数是那个男人的两倍　作为
一种回应
他在她的后背插上水果刀

一直在一万步周围徘徊的
是那个公务员
一步一个眼球

那个跑了"0"步的女人　在床上
翻了一个身
一瓶啤酒在她的肋间爆裂。

排队进入安检机的人
只在皮带上颠簸了一下
我把手机放在驴背上　看它如何
在神龛前跪下
但它翻山越岭
把我带到一片荒野

北纬三十四度

孝杰的晚课

一切已安排妥当。一张铁皮接管了大海。烟囱
 的问题
交给白云
不管它憋不憋气。

雪在北极是旧制度。肺
可以变小。

我们不去眺望一公里之外。
美好的生活已经紧紧抓住了我们。
空竹
无心　空气有一声两声呜咽。

且抱石而眠。落日不可收拾就不
收拾。一转身
看见人世空旷的被告席。

一段视频

不像是吵架　也不是耳语
两个人谈到秩序　星星该不该照耀
人间　楸树该不该长出胸膛
群山无序　而夜风总是占据上风
它允许一根木刺穿过眼球老人
回到少女
也允许老虎穿上黄色的衣服

同乐巷

同乐巷步履蹒跚　来回躲着车灯
像个未老先衰的孩子
一天就是一年

它只在无人的夜晚飞翔
带着油漆　拉长
郊区的阴影。

同乐巷在成为一片废墟之前仍是同乐巷。之后
　也是。

一个人穿过同乐巷。如同一个人
径直
穿过天马座。

同乐巷一如往常

白河

道场散尽　河面仍震颤不已
仿佛河床之下的人群仍在聚集

河堤奔跑。没有人理会
天空背面的投影机

走在河南岸的那个人　不知道
是不是来自天上的投影　突然

掩面而泣。我看了看四周
只有柳树

在吹它的单簧管。作为回应
有人在树后捶胸顿足

有人对着河水呼喊半小时。静沙说
白河绵延数百里　有人

把它当成了债主。仿佛人世的一切
都是被它带走。

北纬三十四度

寄料镇

一个没有参照点的地方
叫寄料镇。

我用阳光辨认它　那只翻拣垃圾箱
的手
一下午都不符合紫菊的颜色。

我用神迹辨认它　用铁锤猛击石头
我用悲伤辨认它　一群人正努力

他说
比祷告

歪歪扭扭的围墙后面

让一只山羊怀孕。

寄料镇以南三十公里　一定有人民。
正如寄料镇以北三十公里　一定有人民。
山在门外聚拢。河水漫过鹅卵石
的声音是一个针孔。

它放大夜的瞳孔　但对寄料镇
又被撒上一层黑灰
冷眼旁观。

夜

夜越过田野
直到在一盏灯上停下来

"呃,阳光,这支上天的拆迁队
此刻收起了轰鸣。"湖水的声音
像一个生活的失败者。
星星垂下悬崖
大地正对着一扇的木门。

风穴寺要把群山穿在身上
风穴寺就要把群山穿在身上。

山顶

一群人来到山顶　大喊大叫
把头颅交给白云。

躲在树根下"哧哧"偷笑的人　落英缤纷
已经治好他的皮肤病。

一个人变成自言自语的老虎
就这么简单。

一抬头看见她飘动的衣衫

如果风再大些　外祖母就一动不动地瘦
她衣襟高挑　我们进进出出
像一群鸟

黑夜的镜子照见朝南的窗户
她咳嗽　胸闷　梦见生产队的羊群
长出人民公社的肉
"咱一根线也不要人家的……"　她拽紧二姨的
　　胳膊
她再也使不动翻地的铁铲了　她用指甲
她再也爱不动她的儿女了　她用死

早晨的晾衣杆搭在下午的位置
我们进进出出
像一群鸟
一抬头看见她飘动的衣衫

除了

除了土墙蹲在他的呼吸里　再没别的了
除了一个人走到林子里去抽烟　沙子弄醒了月光
除了槽头的牲口把世界嚼了个遍——没有人会
　　相信
它会把栏圈弄得更脏
除了积霜的薄瓦它默不作声
囡囡的脸上
除了寂静　再没有别的了
——树梢有一点儿摇晃……

水。葡萄。欢乐在生长
欢乐藏在大海里
生长。风解开它宽大透明的衣袍——

除了一个人沿着他画出的线走下去
夜色肃穆　井水保持着平静的语调
"除了水桶在黑暗中充满了喧哗……"
——而脊背上
岁月的鞭子抽得更紧了……

土墙

土墙呼之欲出
土墙没有声音　它的声音
在月光越过女墙的时候有一次绊倒

小时候我们骑上它
当它是大家的马
有一次我们想累死它
我们磨破了裤子
累死集体的马

土墙有一千次塌倒
土墙还要有一千次塌倒
但马
仍站在它站的地方
它汗淋淋的舌头
是家
在向后舔

听见树木摇响天空

我如果打开朝北的窗户　风会猛的
带进来一座操场　它薄薄的呼吸
它的跑道还没有散去的足温
——白天的一个流感患者用眩晕　在这里吊晃
　双腿
一些模糊的东西在动　星夜正把它烧烂的拖网
空投下来
如果我打开朝南的窗户　朝北的墙壁
"娑娑"抖动——万物向北发出叹息般的涡漩
如果我打开朝南的窗户　又打开朝北的窗户
一座房子就荡然无存
我步出房间
听见树木摇响天空

最好

如果最好是一滴水在嗓子眼儿的颤抖——
它在喊叫　太危险了
请停一停
如果最好是路边的荒坡趁着天黑
拢住野花与野花的争吵
一列火车穿过黎明的针孔
一封信绷直一个人大脑中着火的麻绳

如果最好是我被一个字噎住
手里拎着
一只月亮的空桶

它

它一直就在那儿了　混合着我的无语
在五月
悸动的槐木灌之夜　牲口在隔壁
我熟悉石槽的气味　像沙漏的内敛
当你俯身向它　它像是从人类的眼眶
涌出
向日葵在黑暗中摸着钟表
出入乡村教堂的人群排队领取圣餐　又随午夜
　　摇摆的树丛前来
我注视它　像一种回视　它暗黑而深
却毫不自知
屋顶上大气如流　老祖母在旧家具中忙碌　取
　　走一碗平静之水
在高窗微注的光线里我曾看清过它
鸟类在夜间繁殖祖先
墓碑的一头埋在地下
庄稼低烧　虫子们欢乐
但没有人知道它是什么
——清晨　强烈的霜渍耀醒了我的双眼

姐姐

姐姐　你在梅花上咯血的时辰我看见了
三月玫瑰　四月才是你的家
你把它藏在一声小得不能再小的叹息里
你把它藏进最深的喉咙
七月牧虫　八月是酒
你把手指都洗白了
你把回家的路都弄弯了
你把月亮都剪成剪刀了
十月吹风　十一月被你揣进怀里
在薄冰上烤火　在刀刃上
笑。姐姐　夜是一艘你摸不到边的沉船
你想吃的苹果烂在去年的枝头　你想喊
就在水面上开几朵荷花吧：那冲破喉咙的……
　黑暗的灵。
园子里的草都长荒了
"而泪水
收割了一切……"

姐姐　是谁把自己赊给一滴墨水
又把自己还给整个黑夜？
徒劳地把窗户打开又关上　把镜子擦了又擦
是谁在无望中　把生活的自来水
接上内心悲伤的海绵？

它就要低垂下来

马在墙上吃草
爷爷光着膀子去给它添料　拌草棍在
两臂间使劲儿搅动
占半个墙面那么大
像世界本来是的样子　爷爷横斜着
回到炕头　拽走一把麦秸
祖母已死去多年　我不知道她为什么
还要在半夜里回来
在旧家具中走动　窸窣
用一根火柴擦亮爷爷的起身　呆望
有时候我怀疑是她带着我们的老北屋
沿着河堤跑出很远
接下来的气味是我熟悉的
在漆黑的屋顶下被夯实的泥土上　酒被烧疼了
吱吱响叫
像世界本来是的样子　火
渐渐熄灭冷去
马在屋顶上吃草的影子
就要低垂下来
我呼吸着它　但不知道它到底
是什么

锅炉房的春天

它来得已经太迟。一只蜜蜂在草地上溺死了三天
古老的燕子　在傍晚的小镇阴郁的建筑里穿行
　一些模糊的姓氏
在朽坏的门楣上不愿醒来——新春的对联　还
　没有褪去鲜艳的红
雪静静地落下　但已经太迟
入夜的犬吠　一切适得其所的事物　都有一次
　漫长的死。像雪落了三天
纸做的月亮空照墨水瓶。抬高了三尺　又荒废
　了三尺　镜中
我插不下一根生病的针
变成哑巴为时已晚
乌鸦脱掉他陈旧的外衣　为时已晚

作为肉体的雪
作为肉体的白

我陷入集体的失明
砖垛后面的雨

最先是一声尖叫逮住了幸福
最先是一声尖叫撕裂一道口子

你不是麦子
可以倒伏
雨夜是下雨的夜晚
星星说漆黑的语言

不过是一场雨水经历两个人的内心

和嘴片上
隔夜的甜
世界没有什么不一样
不过是一声尖叫最先发现两根劈柴之间的　那
　个焊点

第一天

亲爱的，第一天我就埋下
足够的火焰。以及一次雪崩所必须的惊讶
多么甜，为了安慰你唇吻上这一片鲜玉米的气味
我更欢迎这一条特殊的流水
把欢乐洗干净　一棵苹果树的纯洁多么重要
保持那狂喜　另一侧山冈的小径斜插在我们第
　一次见面的地方
保持午夜的花园不被一只蜜蜂
转移。四月的郊外空气越来越薄
黑夜像壁橱里一册潮湿的地图　它绸缎般的河
　流　表现出对幸福的默许
白杨树叶子在风中"嚓嚓"作响
它使我想起第一次与你的亲吻　你面色绯红
　大雪在一秒钟爆满你的手指
这是四月的郊外　天突然暗下来
你在衣服下面藏着我喜欢的东西　下车
白色的鞋子一方面保持着对害羞的警惕
另一方面又提前三分钟
陷入了昏迷

一个女人跟着她的粮食奔跑

像企鹅一样地奔跑很适合她　和她
口渴的泥巴
一个女人跟着她的粮食奔跑：
机动三轮
放出更响的黑屁
她和一年的饿着赛跑的脚印
越来越大：
有更多的泥团结在她脚上
我看不清她的脸　她的脸只朝向
离她的胃越来越远
的粮食
她的粮食在奔跑　收割后的秋野
一片静默
雨打下来有点儿斜
没有人说话。都在看
一个女人和她的粮食奔跑
一个女人和她粮食的奔跑
只带动了更多的泥巴

农人

农人的芭蕾
如果我在一个人的身上插上羽毛
如果我在每个人的身上插上羽毛
在颤音区他们是否会滑倒一片
像他们咧开嘴空气脱下笑纹
用屁股走路的人
拉架子车的人
"世界似乎只是为了出汗……"
世界似乎只是一对轮子:
四射的辐条和肉。
带动了更多的泥巴

掌钥匙的老夫人

天亮前，她来过这儿两次
有时候是棉鞋　有时候是塑料凉鞋
不像是幽灵
她对着每一个锁孔要凝视好一会儿　然后放弃
用手晃一下门链转向下一个——她的走过
使每一排房子
都空了
白天的吵杂钉在树上
像一个声音的坑　但并不发出回响
偶尔有一个尖细的女声冒出来
吸附剩余的男声
每一排房子都是下一排
天亮前
她来过这儿两次
像是怀疑每一座房子的重量——它暗自滋长
的黑暗使每一扇窗子
都要飞起来
她对着每一个锁孔凝视好大一会儿
夜更深时　她走在另一条路上　你只能看见
一团模糊的光在移动
——一把昏黄的手电筒
嵌着两只人眼

北纬三十四度

长久地凝视每一个锁孔
没有打开一扇黑暗的门
让那湿淋淋闪亮的家伙
通过

已经是三月

已经是三月　已经是天空
明亮的
遗址。
在星群的讣告中　让模糊的积雪变得结巴
窗户在人群中散步　在大地的草篮子里
寂静涂白了树枝
一村的寂静涂白了树枝
一如它的喉咙咯出树丛上
唯一的新月
这些我们　这些它们　这些向着漂离移动的田野
是它独自的欢宴
已经是三月　已经是巨大的熄灭
黎明像低回的流水穿过他们的梦呓来到
一棵苹果树上

这个异乡人的下午

这个异乡人的下午　散步沿着绿草坪
广阔的低音停止了
数不清的庞大建筑匍匐着
说出拒绝
生活只提供了磨损
那个骑单车的人敲开房门
回到缓慢的死亡
而落日
也不能阻止东四环上的车流
它只是徒劳地在大巴里的人脸上
涂上一层
坚定的悲伤
他们像是喝醉了酒
他们像是刚从大海上跳舞归来

也许是干燥的落日

也许是干燥的落日
被它投进一块黝黑的岩石
是一条小街的开始：那儿　星星们
猛烈地颤动
像父亲走在父亲的父亲的拥挤里
在他们呼出的无花果的夜晚
在他们放弃的垃圾桶里
枝丫：向上的河流
世界在葡萄树的藤蔓上变软了
他们的雪落在医院的床单上
像我来到漆黑的葡萄藤下
它阔大的叶子下面
是我的
羞愧。也是
他们的。

小卖部的月亮

小卖部的月亮又大又方。
小卖部的月亮又大又方。
十五瓦的灯泡后面
像月光是一些低矮的想法
距离不是从他开始算起
他也不是月光的目的地。从他向东三百里
是大海——它日夜叹息考虑从人类的眼眶涌出。
到镇上需要二斤油　到县上需要十四斤　他甚至
听说过更远的地方
譬如一百三十里以上的天空是全部的黑。
而他的月光只是一些低矮的想法
一个残疾人的月亮
一个光棍汉的月亮
长两米二
宽两米

屋顶：那低矮的天穹

屋顶：煮沸的水汽蒸腾出低矮的天穹没有星星
　掉下来
屋顶：举向夜空的嘴唇嗫嚅着季节之间不一样
　的辽阔
和它们的没完没了：
有时　是跛足的雨水泻入生活的钝角
有时　偶然会是无用的陨石换下
我们的眼睛。
而它的础石对准着我们
像每一天世界把它的沉重停歇在我们的眼睑上
　看似的灰——或者死亡的瓶中之水——均匀地
撒在我们头上
几乎和阳光做得一模一样

又一次秋天

又一次：秋天暴露了一只铁铲在通往玉米和番
　薯教堂的台阶上
又一次：太阳把它的土坑掘到每个人脸上　他
　们学习着树汁要把蜜抹到脚趾上？
他们要从落日里领取每人一份的黄金？而我
得说
除了用作开花的根盘结在他们暴凸的脚踝上
　村子里再也没有什么
可以晃下一滴水
但我们把月亮当作了我们自家的罐子
围着它吃饼　拍打它的无声
听任雷声从空空的马槽溜走
大地在八月又一次重复它的辽阔
一个人低着头：大批的虫子
筑着我们的面孔
没有人能在土里把它们剔除干净
喝水的喝水
流动的流动于夜
那不断收回的锈死般斜靠在我们屋脊上的天空
　已将水银的八月
作为奖赏
留在我们已死的喉咙里

驴

泥土用一整个夜晚砸在它脸上
它有一条小路的低头
它有一地庄稼在黎明中揉进泪水的低头
在树叶低于夜晚的地方
它跑到院子里饮水　弄响了
井台
而在夜晚　在黑暗的牲口厩里
它的眼睛是夜空的形状
像沙子用忧戚交换彼此的目光
它用一张脸
替下它们全部的。

守夜者

守夜者　钟闷死在他怀中
守夜者　村子的腿在村子下面伸出
守夜者　一块屋瓦咬紧一生的雨水

崭新的早晨　守夜者
蹚过一夜的浓稠　说
村子向前移动了一寸

回声

有人把鞋放在田埂上
下海去了
一片模模糊糊的
煤油味的黑暗
四月像是刚从冰箱拿出来,槭树
冒着热气
摸上去像分割后的小鹿
血污稀释了不少,他晃着玻璃杯
海的圆周在两臂之间
一圈比一圈大
然后一圈比一圈小
"从上个月,每个人开始学习一门新
语言,以代替刻刀
刮去旧课本的发音。"
现在,他向着对面喊了一声"一"
那是但丁做过的一个游戏,判断
一堵崖壁有没有生命
是它发出人的回声
还是叫喊在崖壁上生长出新的岩石
——这个方法简单易行
在不需要用心脏对着它
投掷的时候。

北纬三十四度

土拨鼠

当一只土拨鼠作为灯笼
在灌木丛中晃悠的时候,它
还不是土拨鼠。它对砂石
和 Puralpina[①]热敷膏的熬制配方
有信仰,凉气
操着峡谷的口音升上来
两三条直线和好几个圆圈连接起来
的地平线,使得山谷
多支撑了半个晚上。
那几个,在讨论,争执土层里弥漫
的湿气
和微小的叫嚷:"制造法律,
制造权力,制造……"
那几个,抱着胸前的徽章
昏昏欲睡,在睡梦中呼出
类似火星上的一棵树。
月亮站在自己的钟楼上
它向左边眺望,依次是街道,城市,
国家,国家。
但相反的顺序则是盆地,影子,
冰纹,∞。
一条刀锋上的延伸线

在人类那里似乎掌握了
永动的诀窍。
风向上吹着阳光
远远的,一个猎人
想杀死它,但不愿意它的皮毛上
有一个洞。

① Puralpina 是瑞士产土拨鼠热敷膏,含有土拨鼠油和强力草药。

东支运河

在河水缓慢的方言中有三张面孔
醉醺醺的播种机手,
在水面上
播种了五公里。
在河床底部拨弄铁具的村长。
头戴烧红的寺钟
少年边走边唱
春景渐芳
暄和未尽。
下面的河水颜色深红。盛宴一直
没有结束。
但也从未开始。
出于喜悦,每个人抱着鹅卵石哭泣。
河水淹没了膝盖,河水淹没了喉咙,河水
淹没了头发。
怎么用配给制的计算公式
计算来自天空的敌意?
一队人挨个走过去,尝了尝
无花果的乳头
也是苦涩的。有一刻
他想到了住在码头的女神,用草莓
模仿了船板的震动。

总之,他压低了嗓音,让死者埋葬死者
也许上了岸
会有所不同。

燕子

候机大厅的天幕上,它们
有多密集
旧石器时代的一只石臼里,那一只燕子
就有多孤单。两个永恒的现在。
它是屈原、李白和王后
挤在它的名字里。
鞑靼荞麦酿成了酒。
岩野荞麦也酿成了酒。
一只燕子
是两只燕子。
下班的农夫,翻开口袋
将里面的泥屑撒在土路上。
燕子的叫声急促又尖厉,因失去了意义
而获得了意义。
土地死了又活
人活过来又死去,在燕子
的七根廊柱之间。

山野的秩序

村里只有一半女人
遭遇了爱情,还好
房子只是左右调了一下位置
已经不允许像猫
或狗
那样破坏山野秩序了
每一个在爱情中痛不欲生的人
带上他的房子
像蜗牛那样
一所房子在巨石上摇摇晃晃
的时候
山下的人都看见了
其他房子也开始摇晃

崖壁

曲青春在白天
有一片私人水域，用于夜晚的献祭。
磨制的石头，屋檐，灯笼，菠萝格
木桥，耐候钢
一切的小宇宙仿佛遵循了
他的胡须
生长的自然属性。（在中古时期
国王的胡须
是神迹。）
那一片水面只有他独自一人时
才燃起火光。
像盛夏的树叶。
人与神的悖论就是，当他醒来时
他停止了移动，他不再是
水底的蜡烛。
"造园的秘诀是在平缓如脊椎处
立一面崖壁。"
这边是水，锦鲤，水生植物
壁上有紫荆，黄栌
而另一边是焦灼，滚烫的石头，和渴。
它的含义是你站在中间
而没有掉下去。

声音

一只头疼症弓头鲸
被缚在山顶
空气里的海水
几乎
不易察觉

让它听
让它辨别
沙沙沙的声音

哗啦
哗啦的声音

吧嗒

这一次
是轰的一声

(有时候　人类也活在声音里
就像神　活在微小的隙缝中)

让它听
让它辨别。

让声音沉默

让声音隐身于磁铁
还是磁铁中有一条微弱的河流?
丹麦人保尔利森
第一次
在钢丝里发现了两个相同的时间
她说,我爱你。
她也说,爱就是杀死。
在荷马《致得墨忒耳赞歌》中,有时
我们听取的忠告是沉默。沉默
是一个国度。辽阔,喑哑
树枝像长矛。
他们把钢球塞进人的喉结,随气流
发出呜咽。
关于声音的深度
科拉超深钻孔解释了我们
对自由曲度的无知。那些花岗岩
岩石延伸到了
十二公里以外。那是一个老皇帝的脑髓
延伸到
体外的长度。
仿佛安格罗娜在万神殿的祭坛上
嘴巴周围被抹去了密集的针眼儿。

椴树

那是一棵椴树,在窗外
五十码的土丘上,萨宾娜的衬衣
发明了它。
奶油的嗡嗡声在修建河坝,有一些
鹅卵石
在为她的拖地裙做准备。
直线是完备的,没有缝隙。有人相信
那一列矮山为了反对她
呈现出失败的颜色,而灰暗,而失败。
砂石也有哭泣,他想着可能的一切。完整
是对"一"的考验。在一个形体下
她有两个身体:肉体
和冰河。
就像柏拉图的药和莱布尼茨
就像苹果和橘子
一个女人同时是两个女人
萨宾娜,她的一楼在地图上
称作地中海。
三楼是面包。
翻砂工在等着铁水冷却下来,打烂模型
温热而逐渐坚硬的东西
被她握在手中。

图案

造物者低头看着一头冈底斯野牛
那是它自己。她的胸部
在与船头的震颤连接时
显现意义：雪成为宗教前
叫作萨宾娜
两年里
母山羊要怀孕三次。在瓦尔特·本雅明
遗作中，它们与海水
归类于
上天的利息。按照与它的赌约
我们无法获取那苦涩之物，但也无法
规避它。
天亮时，他走到马棚下
想到万物分娩之后，仍然是一团泥。
那是去年，开门后的黑暗里
有那样一个时刻，她不属于自己
但也不属于他。
理性是这样一把铁锤
在迸溅的火中，那一幅星空图案
一下又一下砸进她的手臂。

散步

11点20分,萨宾娜说出去走走。虽然
夜晚和白天使用的是同一棵杨树
包括屠宰房里
被挤出的烫手器官。它们像1671年
莱布尼茨说的,物体的运动
可以视作瞬间的心灵。
当A移向B,甲板离开非洲
也许它的窨井里
多了一个手拿《圣经》
和五磅锤的鬈发男孩儿。
他要在黑暗中敲响
闷炉一样的井壁。
在被杀死前,他会把《圣经》
挡在胸前。
另外一些死亡地点
在美墨边境的丛林,客机起落架。
一对野兔情侣出来兜风。据说它们
左侧的眼睛能看见
和右侧完全不同的影像。
当一辆越野摩托驶过来
那只野兔沿着灯柱一直奔跑
直到心脏扑地而死。

交谈

晚饭时候,萨宾娜的表哥来了。
喝啤酒,聊在冰河上
钓鱼。
没有比在钓鱼时流鼻血
更糟糕的了,他说。冰层下的人头
有祖父的。一些铁环
拽着河堤不滑过下游的村庄。
萨宾娜盛在衣服里,不像窗外鼓风机
管道上
三星期的时间里,雪都是雪
然后是长满黑乎乎皱纹的冰。
傍晚,小树林里的人都慢,越来越慢。
那些天,我不能使用第一人称
跟她说话,告诉她响尾蛇尾尖上的鳞片
正在变得暗红。
生命有一些直线
如果我拿起她的手,一定有一个弧线
在下降的时候。

赞美诗

她裹着浴巾或者被单,猩红色暗示
不对任何人说
里面有炸药。
"我要开枪了。"五分钟之后,她又叫嚷,
"我要开枪了。"
从王维到萨宾娜,有七个小时时差。
基于错误的总和,每一个分子
都是非法的。
她说,我改了。每一个精子
都是非法的。
一栋房子要飞行七小时,被子弹推动。
在不锈钢或者大理石底座上降落
最困难的是对面的街道
三公里外的溪流,棕熊留在岸上的脚印
圣诞节前后,一个地区
零下三十七摄氏度的低温。
她还惦记着,壁橱里一柄寒铁权杖
吃起来,像蔗糖。
但他还是有一些忐忑,想找到乡间的巫师
那些药水,让她衰老。年龄
不再像一场灾祸。
她摇头,你错了。前者是对国家的认知

后者是对身体的。
有一个捕捞的地点
在北大西洋的深海。她心脏
外面的陶罐状锡盒。缠绕在上面的
海藻浮游物，水中的盐，各种声音
潮湿，但不爆破。

作为交换的眼底图像[1]

首先是笛卡儿,要来挖出我的眼球。
眼周围的组织
泪腺,三层皮肤,鼻腔一部分
拒绝没有用,他们有办法用一头牛
或者更大的动物
代替我。
白色的介质,或蛋壳
托举着它
固定在门把手上,最细弱的树枝上
(玻璃体内的液体不能流下来)
从窗户上凿出的小洞,观察经过阳光
转动的房间,死去的人类,谎言中
的假牙。一对男女
亲吻中的非物质。
如《眼底形成的图像》所标示的
在 M 点上,透过这只眼睛进入的光线
不再进入其他逻辑关系。
除了一只眼睛能看到它,没有别的眼睛
看到自己。
接着,笛卡儿问道,这只死去的眼球
如果划掉第一条作为交换的条件
不像三世纪之前那样

北纬三十四度

在镪水腐蚀的金属板面上
出现萨宾娜
你是否愿意
我说不。

①该诗场景取自笛卡儿《眼底形成的图像》实验

土豆

土豆作为早期传教士,埋在地下
自己摸索长出去的藤叶
就像死者在后半夜,摸索那些街道
向上的房屋
用浅黄,用洁白,都看不清楚斑点
有什么病
但她喊:"那么……那么……"
雨下到一米的地方,琴键开始患上
中耳炎。
它们是怎么分开的,又怎么合在一起。
嘴唇只有一半
可以讲一讲果皮图像学,她扔在
河边的连衣裙。
甜蜜形成国家法律之前,那些麻雀
慢得不像是灵魂。
故事回到这样的情节:她像个孩子
被人放在树脂涂覆的草筐里
顺水漂来[1]
想一想吧,植物性激素与爱
吹出的楼梯
有什么不一样。

[1]语自米兰·昆德拉《生命中不能承受之轻》

石匠

现在,石匠剩下一只手,还好
草莓和四周
并没有看他一眼。
门在傍晚打开,流出来的树蜜需要
再一次变味。
一整天,那只丢失的袜子如何扶稳
自己捶打
悲伤在眼球上凸出的弧度,选择三号刀
刮出从左向右的盲目
从高大乔木与低矮灌木倾覆的花岗岩中
取出一头狮子
比在壁柜里
找出她合适的胸衣
给她穿好,扣上排扣
是一个难题。
凌晨,他从惊疑中醒来,确认她还在
仿佛他在夜里去看池塘里的血。
这沙哑,这犹疑不定这缺失
已足够我欢喜

下雪

每天都下雪,但布拉格的雪下在瓶子里
姆巴①男爵把梯子接上下面那一架。爬上去
再抽出下面那个,继续接
它是怎么做到的,只吃杧果中的汽油味
她是她房子的重量,桑树叶子
一直是胃的形状
他五十二岁,丑陋,必须有一个
反方向照射
用萨宾娜的绿宝石。
也许是排射,孔洞痉挛。这房间里的秘密
寂静在倾听时
才有樱桃水面。
但她痛,飞机整夜在停机坪闪烁。
制造钢针的是这样一个国家,每一个
城镇
没有门牌号码。
她成为他的他者,越过身体的一点儿差异
把她放在地毯上
露出汉字里的一只脚。

①姆巴,萨宾娜的宠物狗。

名字

在一家老年俱乐部
她拉着我
在一张铸钢椅子上坐下
掏出鱼心,给我擦脸,让我认识
扑克牌上的黑A
一块白布表示舞台,好像
是一个套圈游戏。骆驼代表荆棘
尼龙绳代表边界
大象代表伤心,蚂蚁代表分裂。
但她没有带那些蜡烛,用她血管烧过的
椅子里有一只拳头,从我的心脏
开始捶。
我说有点儿慢,她说慢是权力。
我听见了墙壁后面脑部扫描仪的嗡嗡声
传送带在房子下面微微震动。
有一些白色的人在噪声里
庆祝国家节日。
那些山在无菌病房流出蓝色液体
隔着一层雾气,我们互相看不见
她在我手掌上写下一个名字:亚当桑。
让我拿着它
去寻找那个人。

黎明(二)

黎明前,天空经历了四种金属:纯铜
锡,生铁,软金箔。
只有一个方形盒子
在里面生玻璃
她在光里
沉没了两次。或者更多
山系里的一座山突然沉入土层
萨宾娜离开了手指
獾、野猪、兔子、臭鼬总有一些
神秘时间
远红外射线推开一座孤岛。
据说东山魁夷画不好任何一张
人物面部
而他的风景里总有一个人。
失败,给丘陵输血。
皮下管道。
被单擦掉猩红色。
到最后,萨宾娜要求他只用一只眼睛
看她。
或者手。
但是沮丧。
鲸鱼的听力从一千六百公里

减退到一百六十公里。
就像在大月氏部落遗址
发掘出来的房子里
没有她先想起来的鸸鹋。

诞生

晚上十一点,我不是作为游客
被带入番薯教堂。那些块茎,那些乳房
埋在土层下面,凸起来。
我握着匕首,另一只手是方形盾牌
扑克牌老K上的弯曲胡须
压在黄金面具下面
有一些好玩。最多时候有五千头狮子
来吃我们。
我要杀死的人,私下我们是朋友。
马提诺斯在头一个世纪,让科莫德斯
皇帝的母亲疯狂。
我为女王而战,我祷告。
另一个色雷斯人,战场上的俘虏,铁笼
里的披甲兽
说,我为女王而战。
当爱是一种宗教,萨宾娜换成女人形状
开始使用她的蜜桃
一个上午,一个下午
白日的影子缓缓切开半个地球
另外一些人在山里采大理石蘑菇
完整挖出来,

用绳锯剖开
在冰上运输五千五百公里
送达奴隶制的中心。

在艮园

我们坐在坑里喝茶,旧春水经过高石
流在冰湖上,那么奇怪
冰不会立即融化。
木纹里有颜色,被锁住。
没有一模一样的壁炉,灰烬来自不同灌木
每一分钟都有终点,他听到了哄笑
每一分钟他看一下那光斑。
他想哭。
他一直把她和鹿弄混,色块和腿
因为不合法的替换
重新修筑了火焰修道院。
但是,关于绝望,鸠摩智用了最简单的方法
给一根木条平均画线,截开
磨圆
在一根绳子上
把她从一
数到一千。

纸片人

被风刮走的纸片人,暮色中的山
车开得很慢,蜿蜒三百公里,几乎用完了
全部哀悼。
一些人脸,空心树。她往棉花里
扔皮肤。
这是第一天,缝隙还完整。
仿佛一只西瓜。
仿佛还没有给字母表画上黑框。
是先释放光,还是先释放阴影
这个缓慢旋转的机器
一定有一根横轴,采榛子的人
被举到半空。
她向煤油灯里倒牛奶,不像是惩罚。
为了一场仪式,那些头发被再次剪掉
她的灯光陡峭。
那个濒死的人要求做心脏切割术
留下五分之一
睁着眼睛。
一次动物实验:伤痛的大猩猩排着长队
痛击伙伴的同一部位。
她把七天
减去两天。

草丛

黎明前回家,他注意到树篱有一个缺口
流浪汉在下面烧湿叶子
事物不完全对称。天空中飘落的细毛
傍晚时要少许多。
这里没有人说法语、葡萄牙语。偶尔
有通红的南亚人
教人们在公交车上接吻,把手伸进女伴
牛仔裤的后腰。
一个卖纱巾的妇女在车站,对着电话
哭喊:少,少。
豫南的方言,好像一个男人的名字。
在我小时候,独眼老四的马车
没有车轮
枣木或槐木做成的木框
拖在土路上硬拉。他知道鹌鹑
在哪个季节发情。
公鹌鹑在草丛里
彻夜不息地叫。
但是,在第二天
那个男人觉得电炉丝几乎要烧断
屋顶上,雪吹到了南坡。

时间(二)

第三天,对时间的测量回到原点:她在。
奥古斯丁在《忏悔录》中写道,时间是一个圆环。
精神与时间有一个等量关系,萨宾娜也是。
她的房子也是
从医院回来的路上,雪在时间里
没有重量。
水珠在挡风玻璃上爬着。他的鞋子
一会儿比他快,一会儿
比他慢。
街心公园的山顶有几棵松树
废弃的水塔西边,月亮悬在树梢
太阳在车站广告牌后面
刚刚升起来。实在与此在
各有一个幻象。但他松开的拳头里
什么也没有。
他在心里说,这一切
以神为中心。
但她哭泣了两次。
他把车停在桥下,一阵目眩。必然
对偶然的取消,像一台压路机
轰隆隆向他驶过来。

光线

我被囚禁于混凝土桥墩。一个小洞
一扇门。

最初是我们两个人,我简称我。光线
被称为基督。在我看你的时候
你是一个孩子

但你有魔法。黑色口罩上
有一行字:融合那一切。收割机
还在使用豫西地区。那被人叫作
莫赫悬崖的
笔直地死于海水。
磷,不易捕获的前生。在民间巫术里
我不能被其他人认出
只有你知道,桑的发音
有别于傍晚的麻雀
对女贞树的俯冲。
密集的针眼从天空
走下来。一切差异都是 X,从记忆中
返回的女人
像一场冻雨,将白杨林
从灰色变成褐色。

北纬三十四度

岩礁

从一个正切,他得到她。几个人
在悬崖边,往下放橡皮艇。夜晚的港口
已经沉入海底
在两次潮汐之间,岩礁
像刚刚从某个身体退出
每个角落都是干净的,特殊的气味
在托普卡帕宫的厅堂上,那儿
可以俯瞰马尔马拉海和博斯普鲁斯海峡
在中世纪,查士丁一世的铁笼里
一边是女人,一边是猛兽。
"他爱的……是男人。"这与我所爱的女人
略微相似。几次激吻之后
她有一次回吻。
坡上的桃树林,露出她的小腹,可以
确信琴键上的白色
与它们提前爆炸有关。我在等她回家
中间有一次可怜的自杀
积雪的木头像一个公式那么长:
$f(x)=\tan x$。

光粒

苹果锋利,葡萄锋利
圣维多利亚山在它们的释放中,和昨天
一样大小。
他拿着磁铁在下面移动,让纸板上的铁屑
跳舞。
这是儿时的游戏。现在
他加厚那纸板,再加厚,到六厘米
铁屑不再起舞
萨宾娜有六厘米厚。铁屑中的血
流回人形构造。
第七天,眼睛找对了波长,那些光粒
堆出圣维多利亚山。光粒中
每一个萨宾娜
有一个萨宾娜。

北纬三十四度

馈赠之物

卡尔塔河①在每年四月苏醒,暴怒的雪水
开始的时候几乎是爬行。
他知道那喜悦。
房间的四条直角向上,七尺高
有一条横线。萨宾娜的名字
从那儿落下来。
在黑暗中,那些麋鹿整个夜晚
向上举着它们的角
他被什么击中了。像塞伦盖蒂平原上
的狩猎者
被一支弓箭射入头骨,他举着那馈赠
回到家里,日夜感受着它
活过剩下的三十年。
爱是一种炽热。成吨的废钢铁
重被投入熔炉,软化,弯曲
开始颤抖。
事物的完整在皱缩中,被复述为早晨
在他们不可能的边境旅行中,她一直在低语
发着刺梨的高烧
在他胳膊上的依偎,区别着
岩壁上粗糙的凹陷。

①卡尔塔河位于新疆巴音郭楞自治州轮台县境内。

蕙兰

顺着她,我摸到那些鳞茎
螃蟹一样的脚,你想象的美,"洛萨尔桑"。
无论她之前是否存在。
794年,萨宾娜在一间特殊的房子里
走动。
盛放药液的罐子
撕去了标签,(琼花露,
或者桂香西京)。她不碰那些金器的小口
那些剧毒,她知道合适的剂量
让那个男人活得悠长。痛苦
有一种配方
是她衣服下面的,她说:"宝藏……"
现在,她曲卷起来,脚趾和手
连接成一个圆
她把嘴靠向我
吹出山谷的蕙兰。

北纬三十四度

精神病院的来信

精神病院没有燕子,包括其他鸟。
它们过不了复印机。咯噔咯噔的
鸟死完了。白色传送带
缓慢地往下转动
里边的人都是扁的。眼睛各自看反方向
他给萨宾娜写信。每次
他写同样的话:您能给我写一封回信吗
他们比第一天
更尊重燕子的尸体。栏杆上包着软塑料
走廊的尽头,一排蓝色废铁桶。
一点儿也不意外,那些信无一回音。
爱作为一种过程,他房门上的U型锁
并不计算性别。他和萨宾娜
如果不被视为一个人,在每次计数时
也都要被锁孔去除。
一个框架:如果你穿过它
而不伤及自身那是不可能的。他日夜
写同一封信
给锁孔。